ユダ〈上〉

伝説のキャバ嬢「胡桃《くるみ》」、掟破りの8年間

立 花 胡 桃

ユダ

〈上〉伝説のキャバ嬢「胡桃《くるみ》」、掟破りの8年間

第三章　洗礼　199

第四章　栄華　305

プロローグ

「フンフフン　フ〜ン♪」

　都心の空を区切って立ちはだかっている六本木ヒルズのベランダで、絵里香《えりか》は独《ひと》り夜景を見下ろしていた。四十一階から眺める夜景——まるで、宝石箱のジュエリーをそのままひっくり返したようなキラキラと瞬く美しい眺め。左手にはレインボーブリッジが煌々《こうこう》と輝いている。一部の人間にしか楽しむことを許されない贅沢《ぜいたく》品。


——あぁ……この光の中に埋もれてしまいたい

　ふっとそんな衝動にかられる。何かに取り憑《つ》かれたように、強風に茶色の髪を靡《なび》かせながら一歩一歩ベランダを歩いていく。

　気がつくと、絵里香はもう柵の外に立っていた。執拗《しつよう》に吹きつける風に体のバランスを奪われながら、僅《わず》か二十センチメートルの枠の間にかろうじておさまっている。

【引き返せ……】

あの声が聞こえる
──あと一歩
【引き返せ……私のことまで巻き込むな】
──あと一歩
そう、あと一歩踏み出すだけで──

第一章

瞳

スカウト

時折電車の窓から顔を出す灰色の雲に閉ざされた空を見上げながら、絵里香は静かに埼京線のホームに降りた。

気がつくと、ぼーっと大宮駅のロータリーに佇《たたず》んでいた。待ち合わせで混み合う人の波、春らしいパステルカラーのコートを羽織った幸せそうなカップル、プリクラをベッタリと貼りつけた鏡片手にお喋《しゃべ》りと化粧に励む女子高生、「俺、今日の合コンのメンバーには結構期待しているんだよね」と嬉しそうに笑いながら通り過ぎていく背広姿のサラリーマン……。

――みんな消えちゃえばいいのに
絵里香はしらけた表情でそれらを眺め、心の中で罵倒《ばとう》していた。全てが鬱陶《うっとう》しく、全てが意地悪く思える。ここ数日で絵里香の目に映る全てのものが一変してしまった。

四月から週四で通っている専門学校の帰り道だった。実家の埼玉県春日部《かすかべ》市からの通学は、東武伊勢崎《とうぶいせさき》線と東京メトロ千代田線を乗り継いで片道一時間二十分かかる。多少億劫《おっくう》ではあったけど、ジュエリーの専門学校は都内でも珍しく、何よりジュエリーデザイナーという洒落《しゃれ》た響きに憧れていた。場所も渋谷と原宿のちょうど真ん中にあり、学校に行ったついでに買い物を楽しんで、センター街やクラブ、夜の街へ遊びに繰り出すこともできる、なんとも魅力的な進路だった。

今日も同じクラスの千枝《ちえ》と美恵《みえ》から、

「先輩に絵里香のこと連れて来てって頼まれているからお願い！」としつこく新歓コンパに誘われ、

「課題のデッサンが間に合わないから、また今度ね」と渋る友達を振り切ってきた。

課題など勇《いさむ》にやらせればいい。どうせたいしたデッサンでもないのだし。

ただここ数日は、陽気に遊ぶ気にはなれなかった。

このまま家に帰りたくない。独りになりたくない。かといって相談出来る友達もいない。

結局自分には居場所がない。

「あぁ〜あ……」

途方に暮れながら、絵里香は呆然《ぼうぜん》とロータリーの人混みに呑《の》まれていた。

「あのー、すみません」

不意に肩を叩かれて我に返った。

後ろを振り返ると、淡いグレーのスーツに長い黒髪をオールバックにセットした小柄な男が微笑《ほほえ》んでいた。一見して普通の仕事ではない、大方芸能界か水商売のスカウトだろう。

「……何か？」

「いやー！　君可愛《かわい》いからさぁ、急に声かけちゃってびっくりしたでしょ？　君だったら凄《すご》く良い給料出るから、良かったら働いてみないかな～って。ねえ、そういう仕事に興味ない？」

男は胸ポケットに忍ばせたシルバーのアルミケースの中から、名刺を一枚差し出してきた。

『Ｎｅｗ　ｃｌｕｂ　エルセーヌ　店長　新海《しんみ》　明《あきら》』

――なんだ、キャバクラじゃん
以前からこの大宮駅構内は、ナンパの数より圧倒的にＡＶや水商売のスカウトが多かった。

「君、君、うちの店でアルバイトしてみない？　ガッポリ稼げるよ！」

絵里香はいつもそれらの誘いから逃げるように、携帯電話を耳にあてがいながら小走りにホームへ急ぐ。でも今日は違った。全てが投げやりになっていた。誘いに流されるのも悪くない。どうせ自分には行くあてもないのだから。それに金――今の絵里香には金が要る。

「働いたらいくら貰《もら》えるの？」

「初心者だと最初は高く出せないんだけどぉ、可愛いから時給二千七百円！　良かったら、今日このまま一日体験入店してみない？　終電前には帰れるからさ」

今、絵里香がバイトしているカレー屋の時給が八百円。ついていかない訳がなかった。

南銀座通り（南銀《なんぎん》）の廃《すた》れた道を少し入った先に司鮨《つかさずし》という高級そうな鮨屋がある。その隣にエルセーヌのショッキングピンクの看板が出ていた。木製の重厚な扉を開けると、カビ臭くて薄暗い店内が広がっていた。紺色のベロアのソファにテーブル席が十二卓、出入口にあるキャッシャーの上に小さいテレビとカラオケが備えつけてある。店の奥には二畳弱のキッチンとロッカールーム、その横に男女兼用のトイレという造りの、スナックに毛の生えたような店だった。

とっさの勢いでついてきてしまったけれど、絵里香にはイマイチ風俗とキャバクラとの違いがわからなかった。脂ぎったハゲ親父に太股を触らせて、胸を腕に押しつけて、酒の相手をしながらエッチな話で盛り上がる、たまにラブホテルに連れ込まれる、愛人になる――どうせそんな類《たぐい》だろう。

絵里香が中学生の頃から巷《ちまた》では援交《えんこう》が流行し、仲間内でも何人か彼氏の目を盗んでは日々アルバイトに明け暮れていた。

ルーズソックスに制服を着ているだけで、どこからともなく声をかけられる。

「五万でどう？」

父親とほぼ同世代の親父達に舐《な》めるように全身を見回され、コソッと耳打ちされる。たまに耳に息を吹きかけてくる馬鹿もいた。

「死ねっ！　エロじじぃ！」

絵里香は罵声《ばせい》を浴びせて立ち去った。

そんな大人を軽蔑《けいべつ》していた。援交する友達も汚いと思った。だからあえてつるまなかった。

絵里香は売りはやらない。自分に値段をつけられるのが嫌だったから。でも今は、そんなちんけなプライドなどどうでも良い。どんな手段を使っても金が欲しい。自分を苦しめた男達に復讐してやるんだ。

水商売——男を手玉に取って、大金が手に入る。こんなに都合の良い仕事は他に思い当たらない。

「奥の更衣室でこれに着替えてねぇ！」

新海店長に手渡された、薄いブルーのスーツと黒いキャミソールに着替えた。親ゆずりのFカップが、キャミソールからはみ出して豊かな谷間が露出している。ショーツスレスレのミニスカートを穿《は》いた。身体のラインが妙に艶《なまめ》かしい。

「似合うじゃ～ん、おっぱいも大きいし！　うーん……お客さんも喜ぶよ」

新海は艶《つや》っぽい目で満足そうに微笑んだ。

「源氏名決めなくちゃね～。そうだなぁ……瞳《ひとみ》なんてどう？　君、目力《めぢから》あるし初めて見たときから瞳が印象的だから」

「瞳……はい、宜《よろ》しくお願いします」

「よろちくぅ～、あっとりあえずこの履歴書簡単に書いちゃってぇ！」

こうしてエルセーヌの瞳が誕生した。

新海の指導は熱心だった。水割りの作り方、接客の仕方、色恋営業のかけ方、客をかわすテクニック、実に細かく教えてくれた。全てが目新しく新鮮で刺激的だった。

その日、瞳がヘルプとして接客したのは六人だけ。予想に反してみんないい人だった。

体験入店して四時間で二万円貰った。新海が、頑張ったから——とおまけしてくれた。

瞳は午前零時九分の東武野田《のだ》線の最終に飛び乗り、封筒に入った二枚の札をきつく握りしめた。

——こんな紙切れに振り回されていたなんて馬鹿みたいだ
たった四時間で二万円手に入れた。今のバイト先なら二十五時間働かないと貰えないお金。

それはとても簡単なお金だった。

次の日、一年半バイトしていたカレー屋を辞めた。新海に電話をして、週五日、火～土曜日、正式にエルセーヌで働くことになった。

仕事は順調だった。新海の熱心な指導のお陰で、瞳は僅か二ヶ月で№1の彩夏《さやか》を抜き、エルセーヌのトップキャストになった。二ヶ月目にして月収は百万円。瞳は自分の部屋の鍵をかけ、給料袋ごと万札をベッドの上に撒《ま》き散らした。

「そ〜れっ！」

勢い良くベッドにダイブする。瞳の顔にヒラヒラと万札が降りかかった。一度やってみたかったんだこういうの。

――キャバクラは私の天職だ
今、心からそう思う。不思議と周りの世界まで良く思えてくる。金があるだけで人生はこんなにも違うものか――。


「あいつ調子乗りすぎじゃない？　生理的にムカつくんだよね！」

ちょうどその頃から、姫《ひめ》を中心とした彩夏の取り巻き達による集団苛《いじ》めが始まった。

「瞳のヘルプになんかつきたくない！」と付け回しに不満を漏らし、店の男子スタッフを困らせた。

渋々瞳の席についても、指名客と平気な顔で連絡先を交換する。

「あの子は身体を張って営業しているからねぇ〜、私には真似出来なーい」「この間、ラブホから出てくるところを見たよ？」「絶対店長と出来てるって！」

口八丁手八丁で邪魔をする。待機の連中は決まって瞳の悪口大会。接客中の瞳をジロジロと舐め回しながら、聞こえるくらいの声で文句を言われる。

「誰にでも色目使っててんじゃねぇよ！」

瞳が出勤すると、ロッカーの名札が剝《は》がされていて、靴棚に置いてあったお気に入りのサンダルがなくなっていた。姫はわざとらしいくらい愛想良く挨拶《あいさつ》をしてきた。

「瞳おはよ〜ん」

「おはようございます」

ぐっと耐えて我慢した。これぐらいあの時の苦しみに比べたら何でもない。

——きっといつか苛めもなくなる。それまでの辛抱だから
そう思って自分を抑えた。店に常備されているサンダルの中から、自分に合う適当な物を探した。それは瞳には少し大きかったらしく、ホールで片方脱げて躓《つまず》いてしまった。それでも笑って席についた。新海には、何だか情けなくて言えなかった。

営業が終わり、送りの車に乗り込んだ。他に二人のキャストが乗っていたけれど、姫と彩夏ではないのでほっと胸を撫でおろした。浦和と戸田を経由する春日部までの長いドライブ。

ついウトウトしていると、新海から電話が鳴った。

『瞳ぃ〜お疲れ様！　最近何か辛いことないか？』

「何いきなり？」

『お前、彩夏達に苛められているだろ！』

「……別に」

『さっき姫に、「店長って瞳と出来ているの？」って訊《き》かれたよ。勿論《もちろん》、「俺はお前たちキャスト全員を愛しているぞ～！」って冗談で返したけどな』

「あっそう」

『まぁ営業中もあからさまな態度だし、何となく苛められているのかなぁ～って。瞳、もう店辞めたくなっちゃった？』

「それぐらいじゃ辞めないよ」

『偉いぞ！　姫の嫌がらせに負けたくないなら、逆に利用しちゃえ。苛めの上手《うま》い対処法教えてあげるよ』

「対処法？」

春日部に着くまで約四十分間、新海の話は長々と続いた。

家に帰ると、ダイニングテーブルにラップされたロールキャベツが置いてあった。達筆な母の字で《絵里香へ　お帰りなさい、チンして食べてね！》と広告の裏に走り書きしたメッセージが添えられていた。《チーンッ》電子レンジから熱々のロールキャベツを取り出した。多栄子《たえこ》のコンソメ風味のロールキャベツは、いつも少し塩辛い。一人で素っ気ない食事を済ませて自分の部屋に入った。
明かりも点《つ》けぬまま、ベッドに倒れ込み目を閉じる。
——そんなに上手くいくものかな
さっき聞いた新海の言葉が、呪文のように瞳の頭を駆け巡っていた。

作戦

それから一週間経過した六月半ばの金曜日——

瞳はいつも通り専門学校を終えてから、午後七時に客の川上《かわかみ》と南銀の入口で待ち合わせをした。行きつけのダイニング居酒屋で、手羽先や煮込み料理を食べて軽く酒を嗜《たしな》んでから、午後八時三十分に同伴出勤した。

「じゃ、着替えてくるから待っていてね」

いそいそと更衣室に入ると、ロッカーにかけてあったはずの瞳のスーツが見当たらない。

取り乱して辺りを探すと、奥の水色のごみ箱に、埃《ほこり》まみれの状態で捨てられていた。

——姫の仕業に違いない！　あの女……

怒りで耳まで真っ赤になった。苛めを受けている自分も何だか情けなくて恥ずかしかった。

【あいつらを必ず見返してやる】

瞳は心の中で固く誓いを立てた。

埃を掃《はら》ってさっさと着てしまおう。気を取り直して汚れたスーツに手を伸ばすと、横から麗子《れいこ》に遮られた。

「ひどいね、こんなの相手にしちゃ駄目だよ」

麗子はごみ箱からグレーのスーツをひょいっと拾いあげ、パンパンッと埃を掃った。

「これなんか瞳に似合うと思うよ？」

麗子は汚れたスーツを紙袋に押し込むと、白いJAYRO《ジャイロ》のスーツを差し出してきた。それは麗子が店でよく着ているお気に入りのスーツだった。

「ありがとう」

ポロッ——不意に涙が出た。思わぬ優しさに触れて、孤独な自分に気がついた。

「いいのよ。私、今日ワンピース着るつもりだったから……。ほらほら、お客さん待ってるよ！」

瞳は麗子のスーツに着替えて、涙で崩れた化粧を直してホールに出た。

「お待たせ、遅くなってごめんね」

四十分も待たされた川上は、ヘルプが作った水割りには口をつけず、不機嫌そうに腕組みしながら俯《うつむ》いていた。瞳はそっと川上の腕に自分の腕を絡ませて、甘えた口調で囁《ささや》いた。

「ごめんね。瞳もっと早くつきたかったんだよ！　ちょっと困ったことがあって……今までずっとスーツ探していたの。でも結局なくなっちゃったみたい」

半分嘘をついた。

「えっ⁉　何で？　どういうこと？」

困惑する川上。瞳は弱々しさを演出しながら、問いかけた。

「実はこのスーツ、さっき麗子ちゃんに貸してもらったの。誰にも言えなくてずっと苦しかった。こんなこと川上さんにしか相談出来ないんだけど……。聞いてくれる？」

「何があった？」

《苛めの上手い対処法その①》指名客を味方につける。二人だけの秘密と言って相談すること。相手が自分は特別な存在と勘違いする。

「私、彩夏さんに苛められているの」

瞳は目にキラキラと涙を浮かべながら言った。

「何で⁉」

「私がNo.1取っちゃったから。靴がなくなったり、嘘の噂を流されたり、いっぱい嫌がらせされるの。スーツがなくなったのも姫ちゃんがやったんじゃないかな？　疑いたくないけど……。川上さんと一緒にいる時しか、瞳は元気になれないんだよ」

川上の肩にフワリと頭を乗せる。今日はお気に入りのフレグランスをつけてきた。

川上の鼓動が速くなる。体温が熱くなる。

「そっか、全然知らなかったよ。瞳独りで辛かったな。これからはなるべく時間作って一緒にいるようにする。俺が傍《そば》で瞳を守ってやるよ！」

「本当に……!?　川上さん大好き！　ずっと瞳の傍にいてネ」

次の日、駅前のデパートで同伴した川上にＣＥＣＩＬ《セシル》 ＭｃＢＥＥ《マクビー》のスーツを二着買って貰った。姫の恨めしげな顔が何とも心地良かった。

《苛めの上手い対処法その②》弱い立場を逆手にとって客の厚意で得をする。

簡単に成功した。

入店した時期が一緒だったせいか、その日を境に自然と麗子と仲良くなった。瞳にとって麗子の存在は何よりも心強かった。サラサラな黒髪が魅力的な麗子は、二十人いるキャスト内で常に上位入りしていた。麗子は彩夏達と違い、集団で群れることはせず、とてもマイペースな性格だった。

瞳に初めての友達が出来た。

久しぶりに麗子とテーブルが重なり、二人組のフリー客の席についた。ＩＴ関係の会社に勤める長いチリチリパーマ。ベートーベンにそっくりだった。三十八歳にしては老け過ぎている。

「何かお腹空《す》いちゃったなぁ」

瞳は唇を尖らせながら猫撫《な》で声を出した。

「すいませーん！　この子にフードメニュー下さーい！」

「何か喉《のど》渇いたぁ〜」

「すいませーん！　この子にドリンクメニュー！　何でも好きな物頼んでね」

「そろそろチェックしないと終電が……」

「えぇーっ！　まだ帰っちゃ駄目」

「よーしっ！　このままラスト（閉店）まで延長しちゃうか！」

ベートーベンは実に嵌《は》まりやすい客だった。初めて会った瞳の言うことを何でもきいてくれた。麗子と瞳は場内指名を貰い、それぞれに連絡先を交換した。その日以来、ベートーベンは頻繁に飲みに来る常連客になった。

店に数回通った後、ベートーベンから「たまには外で逢いたい」と言われ次の日の同伴を約束した。大宮駅東口に午後七時に待ち合わせて割烹《かっぽう》料理を食べてから、午後九時前に同伴出勤した。

ベートーベンは一人で飲むことに些《いささ》か緊張していたけれど、周りに気を遣わない気楽さと、二人きりになれる嬉しさでご機嫌なまま結局ラストまで飲んで帰った。

その日以降、川上との約束がない日は必ず瞳を同伴に誘ってきた。「二人だけの秘密」と言って、予《あらかじ》め苛めを受けている話は聞かせていた。お人好しのベートーベンは酷《ひど》く同情してくれた。毎日お店に通うようになったし、彩夏達を激しく憎んだ。彩夏や姫達を知り合いから遠ざけるようにしむけ、苛めがある事実を店長や他のボーイに荒々しく抗議し、怒鳴りつけた。

「あんなババア共クビにしろ！　瞳が可哀想じゃないか！」

「誠に申し訳ありません、瞳さんはエルセーヌにとって必要な存在です。私が責任を持って全力でサポートしていきます！」

新海は形だけの謝罪を表明した。

土曜日は専門学校が休みだった。ベートーベンとちょっと早めに待ち合わせをして、南銀座通りにあるレストラン・バーで食事をした。

「昨日の酒が朝まで抜けなくて、朝一の会議中に居眠りをしてしまって、上司から大目玉を喰らったよっ！　残業もしないで瞳と会っているから、俺このままだとクビになっちゃうかもな」

ベートーベンは、愉快そうにケラケラ笑って言った。

「その時は瞳が代わりに頑張るからね！」

心にもない言葉で返した。ベートーベンは満面の笑みをたたえて、グラスになみなみと入ったビールを飲み干した。

午後八時に同伴出勤すると、店はすでに大勢の団体客で賑《にぎ》わっていて、スタッフが慌ただしく動いていた。キャッシャーの前で新海にそっと耳打ちされた。

「瞳、後で花沢《はなざわ》さん紹介するから急いで着替えておいで」

花沢社長——彩夏の太客《ふときゃく》（大金を遣う客）で店で一番金を落とすエースだった。

《苛めの上手い対処法その③》彩夏のエース、もしくは常連客を自分に取り込む。

これは保険だ。彩夏は体裁を気にする。客の手前、瞳に下手な手出しが出来なくなる。

「コウちゃん、瞳着替えてくるね」

コウちゃんとはベートーベンのニックネーム。考太郎《こうたろう》だからコウちゃん。二日酔いのベートーベンは、

「早く帰ってこないと浮気しちゃうぞぉ！」

とウザイ台詞《セリフ》を言い放った。ベートーベンにそんな気は更々ない。この店で一番若いのも、

一番童顔なのも、一番胸が大きいのも瞳だから。承知の上で、

「コウちゃんは瞳のダーリンだから、絶対に駄目！」

と頬をプゥーと膨らました。指名客を喜ばすために多少の演技は必要だ。

「御紹介します、芽衣《めい》さんで〜す」

新人のヘルプが丸椅子に座った。

「あっ！　芽衣ちゃんお腹空いてない？　何でも好きな物頼んでね！　ねえ〜コウちゃんいいでしょ？」

「ああ〜もちろんだとも！」

「えっ！　あ……じゃあカルアミルク戴《いただ》いてもいいですか？」

《苛めの上手い対処法その④》明るく謙虚に振る舞って、周囲の人間に彩夏との器の違いを見せつけ信者を増やす。

「じゃあ宜しくお願いします」

瞳はニッコリと微笑んで席を立った。「いってらっしゃい、瞳さん！」芽衣の愛想のいい声に見送られて。

——花沢社長を絶対に落としてやる！

更衣室で川上に買って貰ったばかりのスーツに着替えた。ギリギリまでスリットの食い込

んだミニのスカートは人目を引く。唇にプックリとグロスを塗った。最後にほのかに香る程度のフレグランスをつけた。名前の入った名刺を一枚取り出して、予め携帯番号とメールアドレスを記入し、名刺にもフレグランスをうっすらと振りかけた。匂いが記憶に余韻《よいん》をもたす。

「瞳さんでーす！　お待たせいたしましたぁ」

新海の付け回しで、最初にベートーベンのテーブルについた。花沢の座っている位置からわざと見えやすい席に座らせた。

「コウちゃん、お待たせ〜」

勢い良くベートーベンの隣に腰を下ろした。ベートーベンは食い入るように瞳を見回して、

「瞳ぃ〜今日は一段と可愛いよぉ！　後で写真撮らせてね」

とボーイに千円札を渡し、コンビニまでインスタントカメラを買いに行かせた。舐め回すようなベートーベンの視線は実に不愉快だった。

――我慢我慢

花沢の視線は瞳のスリットに注がれていた。トイレに立つと花沢と目が合った。瞳はニッコリと微笑み、軽く会釈をして通り過ぎた。花沢は瞳の後ろ姿を目で追いながら、ボーイを手招きして、

「おいっ！　あの子新人？　名前は何て言うんだ？」

と瞳の名前を尋ねていた。花沢の目は自然と瞳に注がれた。これで準備はＯＫ。

「ご紹介致します、当店人気№１の瞳さんでーす」

瞳は彩夏が他のテーブルで接客をしている隙《すき》に、花沢の隣に座った。

「彩夏さんが来るまでお話ししていてもいいですか？」

普通№１はヘルプなどしない。新海もそれを承知で花沢を瞳に紹介した。彩夏の客を奪ってやれ——そういうことだ。

「君は人気者なんだろう？　あのお客さんほっといて大丈夫なの？」

花沢は上辺だけの心配を口にした。

「あっ見ていたの？　さっき目が合ったから勝手についちゃった。瞳、花沢社長と一度お話ししてみたかったの」

瞳は頬をバラ色に染めて、無邪気に微笑んだ。

「おぉーい、この子、指名入れといてあげて」

花沢が新海店長に手招きして言った。瞳はさっき書いた名刺をそっと花沢の胸ポケットに入れ、「後で連絡下さい」と耳元で囁いた。

花沢はヘネシーのグラスに口をつけながら、瞳の手をギュッと握りしめてきた。

「瞳さんありがとうございます。彩夏さんで〜す」

絶妙なタイミングで彩夏が席に戻ってきた。花沢に場内指名は貰っていたけれど、瞳も他に指名が重なっていた。瞳は自分の飲んでいたグラスに名刺をのせて立ち上がった。また戻ってきます——グラスの上の名刺にはそういう意味がある。

「ちょっと行ってきます」

「行ってらっしゃーい、すぐに戻ってきてね」

彩夏は余裕たっぷりに笑いながら瞳に手を振った。花沢に大人げないところは見せられないのだろう。らしくない彩夏の演技は可笑《おか》しかった。

彩夏は自分のロックグラスにヘネシーをなみなみと注いで、流し目で花沢の肩にもたれかかり誘惑していた。満更でもない花沢は、嬉しそうに彩夏の腰に手を回し、時折瞳のテーブルに視線を投げた。

その様子を遠くから眺めていた麗子は、ヤレヤレとあきれ顔をしていた。

翌日の昼過ぎに、花沢から電話がかかってきた。瞳はあれから指名が重なって、結局最後の見送りしか出来なかったことを謝った。

実はこれも計算の内——。

場内指名は席に長く座ってはいけない。本指名にする旨味《うまみ》がなくなってしまう。接客中、瞳は背中に花沢の視線を感じながら、わざと自分の指名客に長くついた。

彩夏を本指名にしている花沢がいくら店の上客だからといって、場内指名では瞳の売上にならない。花沢にそのことを自覚させる必要があった。営業だと気づかれないほど自然に――。

『全然戻ってこないんだから！　つまらなくてチェックしたよ』

花沢は素直に不満を口にした。

「ごめんなさい。瞳も花沢さんの席に戻りたかったんだけど、あんまりつくと彩夏さんにヤキモチ妬《や》かれちゃうかな？　って心配になっちゃったの。瞳、他のお客さんと話してる時もずっと花沢さんのことが気になっていたんだよ」

口から出任せだった。ここ数ヶ月で実に滑らかに嘘がつけるようになった。罪悪感などまるでない。

『火曜日に同伴しよう！　彩夏と約束しているから、人数合わせで俺の部下も連れて行くよ。昇竜飯店《しょうりゅうはんてん》に夜七時。来られるか？』

花沢に瞳の気持ちを試されているような気がした。こんなに早く同伴の誘いを受けるとは予想外だったけれど、チャンスだった。

あの彩夏と同伴するのだ。彩夏は何て顔をするだろう。考えるだけでドキドキした。

「うん、わかった。昨日のお詫《わ》びに必ず行くね」

花沢の電話を切り、新海に電話をかけた。日曜だろうと、祝日だろうと、新海は必ず電話に出る仕事人間だった。

『もう同伴？　凄いね～！　盗《と》っちゃえ盗っちゃえ。彩夏には俺から瞳も一緒に行くことになったって連絡しておくよ』

新海は無責任なくらいあっけらかんとしていた。


薄曇りの肌寒い火曜日――

約束の十分前に大宮駅西口にあるホテルのエントランスに着いた。

おぼろげな記憶の彼方《かなた》――絵里香がまだ小学生だった頃、ピアノの発表会の帰りに一度だけ家族揃《そろ》ってフレンチを食べに来たことがある。あの頃は四人揃って食事をした。平凡で幸せだった。当時を思い出す。優しい気持ちが甦《よみがえ》る――。

【やめろ】

いい、あいつが遮った。

何かに背中を押されるように、小走りでエレベーターに乗り込んだ。

【もう昔には戻れない】

最上階で花沢が待っている。そこには宿敵の彩夏もいる。浮ついた気持ちを引き締めなければ――。瞳はフゥーッとゆっくり深呼吸して、颯爽《さっそう》と二人の待つ昇竜飯店に入っていった。

女の幸せ

「お連れ様がお見えになりました」

ホールスタッフに案内されて、瞳は細部に彫刻が施された豪勢な個室に通された。花沢と彩夏は先に席に着いていて、ジャスミン茶《ティー》を飲みながら和やかに談笑している。その隣に、数合わせで連れてこられた村田《むらた》という若い専務も座っていた。彩夏はブルガリの紙袋を持っていた。瞳と会う前に買って貰ったに違いない。彩夏はまるで瞳に見せつけるかのようにバッグから小さな箱を取り出して、嬉しそうに当時大流行《はや》りだったビー・ゼロワンのリングをはめた。

自信に満ち溢《あふ》れた彩夏の表情――直感的に瞳は二人がすでに体の関係を持っていると感じとった。

「彩夏さん素敵！　超似合います〜」

瞳は笑顔で見え透いたお世辞を言った。花沢はバツが悪そうに煙草をふかした。

初めて食べた北京ダックも、フカヒレの姿煮も、不思議なくらい味がわからなかった。緊張している。フィンガーボールを出された時は、昨日読んだ食事のマナー本が大いに役に立った。今までただの食事にこんなに気を遣うことはなかった。静かな店内にカチャカチャと箸《はし》の音が響く。

他愛《たわい》のない会話、味気ない食事、勝ち誇った彩夏の顔、全てが苦痛だった。

今日わかったことは、花沢は確かな確率で彩夏と寝ているということ。そして極度のヘビースモーカーだということ。花沢は約二時間の食事中に、一箱半の煙草を吸った。

「今度は上海蟹《シャンハイがに》を食べに来ような！」

お抱え運転手にエルセーヌとだけ言い、長細いロールスロイスで店に向かった。

「瞳、最近頑張っているね」

仕事帰り、久しぶりに麗子と司館で食事をした。

「そうでもないよ……本当はもっと売れたいの。彩夏さん達見返してやりたいから」

「瞳なら出来るよ」

そう言って麗子はいつも優しく瞳を励ました。瞳はそんな麗子が好きだった。けれど今日の麗子は何だか元気がないようだ。握りには殆《ほとん》ど手をつけず、さっきからお茶ばかり飲んでいる。

「麗子は最近どう？」

「……瞳、私来月で辞めるの。赤ちゃん出来ちゃった」

「えっ！」

頭の中が真っ白になった。普段から麗子はあまりプライベートな話をしない。

「じゃ、結婚するの？」

「うん」。麗子は手帳から大切そうに一枚の写真を取り出した。

「彼、バス釣りのプロなの。ラストの日に飲みに来るから、瞳にも紹介するね！」

どこかの湖で撮ったと思われる写真の彼は、釣竿を持つたくましい腕と日焼けした肌が印象的なイケメンだった。麗子が結婚する——不意をつかれて瞳は裏切られたような気がした。

「おめでとう！　彼氏と赤ちゃんと幸せになってね」

空元気。麗子の顔をまともに見ることが出来なかった。

「ありがとぉ。近頃悪阻《つわり》が酷くて、これからはお酒も控えなきゃ。瞳は好きな人いないの？」

「お客さんが彼氏だも〜ん」

「あははっ！　瞳っぽーい」

麗子は穏やかに微笑んだ。
女の幸せを摑《つか》んだ麗子と復讐に燃える瞳、共に一匹狼な二人は似ているようで、その生き方は百八十度違っていた。
——私はもっと上を目指しているんだ、迷ったり流されたりする暇はない
梅雨の蒸し暑い夜だった。瞳は帰り道のコンビニでセブンスターをワンカートン買って帰った。

「ご指名ありがとうございまーす。瞳さんでーす」

客でごった返した騒々しい店内で、新海は満面の笑みを浮かべていた。

「やっぱり俺の読みが当たったじゃん。俺ってカリスマ店長だなぁ！　素晴らしい」と自分の指導力や読みの鋭さを絶賛した。店内は結構な煩《うるさ》さでトランスがかかっていて、新海は軽くリズムをとっている。カラオケの予約が入っていない間は、その時々の流行りの曲が流れた。

花沢はそれから必ず瞳と彩夏をW《ダブル》指名するようになった。

営業中にもかかわらず、彩夏は新海店長に売上が割れてしまう不満を漏らしていた。新海は小芝居がかった同情の意を表明していた。こちらが見ていて噴き出してしまうほど大げさ

に――。

「はい、もうなくなったでしょ？」

瞳は花沢の隣に腰を下ろし、昨日購入したセブンスターをそっと手渡した。

「おっ気が利くな！　いくらだっけ？」

「いらないよ。花沢さん用に煙草キープしてあるから、またなくなったら言ってね」

嬉しそうな花沢の顔――特別扱いが好きなことは、日頃の態度と派手好きな性格でなんとなくわかっていた。典型的な成金なのだ。

「おぉ、流石《さすが》№1だな！　明日鮨でも食いに行くか？」

「わぁーい、瞳お鮨大好き」

今度は花沢と瞳の二人で食事の約束をした。

次の日、専門学校が五時限まであったので、同伴の時間ギリギリに大宮駅に着いた。ファ～……大きな欠伸《あくび》が出た。課題も増え、かといって居残りも出来ず、そろそろ両立するのが大変になってきた。

浜鮨《はまずし》は北銀座通りの手前にひっそりと暖簾《のれん》を出していた。歴史を感じさせる古く狭い店内は、この店には似つかわしくない、ピリッと仕立てのいいスーツを着た常連客達で賑わっていた。浜鮨は大宮で一番の老舗なのだ。

「少食だな」

花沢は旺盛な食欲で、パクパクと美味《うま》そうに握りを頬張った。瞳は麗子のことが気がかりであまり食欲がなかった。

「もうお腹いっぱいになっちゃった。二人きりだから緊張しているのかな」

そう言って笑顔でやり過ごした。

店を出ると外は雨が降っていた。瞳は花沢に擦り寄り、

「相合い傘しよう」

と花沢の腕に自分の腕を絡ませた。ほのかに香るブルガリの甘い香り――花沢は大人の匂いがした。

「雨も悪くないな」

花沢は瞳の歩調に合わせるように、ゆっくりと店に向かった。

今夜の花沢はご機嫌だった。日頃滅多に開けないドンペリを頼み、待機の女の子を手当たり次第に場内指名した。カラオケを予約してビブラートを存分に効かせて「やしきたかじん」を熱唱した。花沢に肩を抱かれながら『今を抱きしめて』をデュエットした。エルセーヌで働き出してから、カラオケのレパートリーが格段に増えた。久しぶりのシャンパンでほ

ろ酔いになりトイレに立つと、顔を赤らめた花沢がフラフラとついてきた。瞳の背中をドンッ！　と押して、すぐさまトイレの鍵をかけた。

「何っ？」

いきなり腕を摑まれて身体を壁に押しつけられた。瞳の唇を開き強引に太い舌を入れてきた。

——酒臭い

キャミソールの上からホックを外されて、服をめくられ胸を荒々しく揉《も》まれた。スカートの中に手をのばす——。

「いやっ！　彩夏さんと一緒にしないで」

花沢の手の動きが止まった。

「俺とは嫌か？」

「私とエッチしたい？」

瞳は猫のように挑発的な視線を送った。

「したいよ」

そう言って花沢はまた唇に吸いついてきた。今度はそれを受け入れて、濃厚なキスをした。

「ねえ、私が欲しいなら本気な証拠を見せてよ」

瞳は花沢の体を優しく突き放した。

「お前、俺が本気になっても知らないぞ？」

「いいよ」

瞳は流し目でそう言った。花沢は微《かす》かに微笑んで、また騒がしい店内に戻っていった。

欲望と金の駆け引き。客とキャバクラ嬢の恋愛ゲーム。服の乱れを直し瞳も何事もなかったように花沢の席に戻った。

翌日、花沢は瞳にブルガリのゴールドのブレスレットを買ってきた。「嬉しい。瞳、こういうの欲しかったの！」。その場で手首に着けてみた。
——夢が少しずつ現実味を帯びてくる
その日、彩夏は最後まで席に呼ばれなかった。
客とのエッチは厳禁——男は一度抱くと満足してしまう生き物。客はハンターなのだ。そのことを瞳は充分に知っている。現に花沢は彩夏に飽きていた。客は引っ張るだけ引っ張って面倒臭くなったらスパッと切る。寝ないで客を引っ張る方法、それは相手を徹底的に調べあげ、自分に惚《ほ》れさせてしまうことだ。相手好みの服装、髪型、メイク、性格、趣味、好きなブランド、煙草の銘柄、食べ物、誕生日、そしてサプライズ。その情報こそ最大の武器になる。私は頭で金を摑む。

「それ何作ってんの？」

「うん？　秘密」

実習中に担任の目を盗んでこっそり作っていたのに、結局仕上がらなかった。瞳は勇の部屋にある研磨剤を勝手に使って、黙々と最後の磨きをかけていた。一人前の職人を目指す勇の部屋には、わざわざ業者から購入した専門的な工具が揃っていた。

「そんなことしていて、明後日の課題間に合うの？」

「間に合わな〜い」

勇に媚《こ》びた視線を送る。

「また俺かよ〜！　デザイン、簡単なのしか作れないよ？」

「わぁい、勇大好き」

西武新宿線田無《たなし》駅にほど近い二階建ての木造アパート、同じクラスの勇とは週に一度のペースで会っていた。学校がなく、店が休みの日というと、だいたい日曜日に会うことが多くなる。

瞳が今まで単位を取れてきたのは勇のお陰だ。瞳の課題を勇はいつも嫌々ながら手伝ってくれた。

専門学校に入学してすぐに六人に告白された。どれもこれもタイプじゃない。瞳はその中で一番気が弱そうな勇と付き合った。好きという感情はなかった。勇は以前から瞳の課題の手伝いをしてくれる便利な奴だった。ただ自分の都合良く動いてくれるパートナーが欲しかった。ジュエリーデザイナーを目指していた瞳の専門学校生活は、その場凌《しの》ぎの薄っぺらなものに変わっていた。白銀やダイヤモンドなど、全て本物を使って実習するため、入校する時に両親が多額の授業料を支払っていた。それさえなければ学校などとっくに辞めていただろう。瞳の全てがキャバクラを中心に廻《まわ》っていた。

「ねえねえ、キャバクラってそんなに楽しいの？」

仔犬のように愛らしい眼差《まなざ》しで勇が訊いた。学校で勇だけがキャバクラで働いていることを知っている。

「楽しいよ。心配なの？」

「行ったことがないからよくわからない。けどもっと絵里香と会いたいのに、いつも仕事ばっかりじゃん！」

勇は子供のように口をとがらせた。

「勇は仕送りを貰っているでしょ？　絵里香はバイトしなきゃお金貰えないもん。ね、わかって」

　瞳はその子供を優しくあやした。勇は富山から上京しており、バイトはせず、毎月送られてくる親の仕送りで生活していた。

「ふぅーん、浮気してない？」

「確かめてみる？」

　瞳はニッコリ笑って勇に唇を重ねた。勇は飛びつくようにそのまま瞳をベッドに押し倒し、乱暴に服を脱がせた。勇の濃厚な愛撫《あいぶ》を受けながら、瞳はぼーっと薄暗い天井を見ていた。


「瞳、今月もブッチギリおめでとう！　これは俺から感謝の気持ち」

　毎月定期的に行われるコンパニオンミーティング。全キャストの羨望《せんぼう》の眼差しを受けて、新海に金一封を手渡された。熱心に通う花沢のお陰で、瞳は大宮に三店舗ある系列店の中でNo.1になった。当たり前だ。ここまで売上に執着し徹底しているのは私だけ。入店当時二千七百円だった時給も、今では八千六百円に上がっていた。あれほどあった苛めもすっかりなくなり、姫は逃げるようにエルセーヌを辞め、系列店のキャンディハウスへ移籍した。

　ラストの日、姫は自分の指名客に「私が移籍しても、瞳だけは絶対に指名しないで！」と最後に捨て台詞を吐いていた。もはやそんなことは関係ない。瞳は、誰もが認めるNo.1になっていた。
帰り道、大宮のど真ん中で夏の星空を見上げた。
こと座のベガが美しく青白い光を放っていた。その隣で力強く輝く、わし座のアルタイル
——織姫と彦星の七夕伝説。ふっと忘れていた優しくて切ない気持ちを思い出す。遠い記憶
——二人で見た流星群、白い息をはきながら流れ星に幸せを祈った。閉じ込めていた想い出が甦る——。
【捨てろ】あいつがいう
独りは寂しいよ
【No.1だから独りじゃないよ】
愛されたいよ
【くだらないね】
絵里香の中に感じる二人の自分。私の中に私がいる。どちらも自分でどちらも他人のような気がする。売上が上がるほどに心が空白になっていく気がした。
明日は麗子がラストの日。瞳は電話でベートーベンに同伴の約束を取りつけた。
「いやぁ〜寂しいっ！　本当に辞めちゃうの〜？」

大袈裟《おおげさ》なくらい悲しむベートーベンは、もうかなり酔っていた。麗子を呼んで、思い出を懐かしみ、それぞれに最後の時間を惜しんだ。

フィアンセの彼は、一緒に来た友人達に冷やかされながらも、嬉しそうに乾杯をしていた。

妻として、母として、生きていくことを選んだ麗子は、女の自信に満ち溢れていて綺麗だった。

「麗子〜お疲れ様ぁ」

営業終了後、新海から大きな白いカラーの花束を渡された。

「ありがとうございます、エルセーヌで働けて楽しかったです。彼と幸せになります」

麗子は嬉しそうに微笑んだ。瞳はロッカーから勇の部屋で仕上げたプレゼントを取り出した。

「指輪は彼氏に貰ってね」

麗子の華奢《きゃしゃ》な手首に似合う、細めのシルバーブレスレットを手渡した。留め金には麗子の誕生石のルビーがはめ込んであった。

「私がデザインして作ったの。シンプルな方が服に合わせやすいかなと思って」

瞳は照れ笑いを浮かべた。

「瞳……」

麗子は無言で手首にはめた。シンプルなデザインが洗練された麗子の雰囲気によく似合っていた。

「…………」

麗子は静かに泣いていた。手首のブレスレットが、泣いているようにキラキラと光っていた。

ホストの晃《あきら》

「ただいま」

いつも通り返事は返ってこない。皆が寝静まった暗い玄関。ドアに静かに鍵をかけ、覚束《おぼつか》ない足どりでヨロヨロと靴を脱いだ。《フゥー……》溜《た》め息をつき壁にもたれかかる。風呂場でケイトの体操着が入った乾燥機がゴーッと回っている。

――明日は体育か

そういえば最近ケイトの顔を見ていない。隣の部屋の弟。瞳と違って親に逆らうことが出来ない生真面目《きまじめ》な弟。

瞳は社交ダンスを教える孝雄《たかお》と、小学校教師の多栄子との間に生まれた。三つ下のケイトは、柏壁《かしわかべ》高校という埼玉では有名な偏差値が七十クラスの男子校に通っている。平凡な幸せがある家だった。

瞳は家族とすれ違いの生活をしていた。毎週日曜は勇と会っていたし、月曜の朝帰宅すると、そのまま自分の部屋で一日中寝て過ごした。火〜土曜は学校帰りにキャバクラ勤務、もう四ヶ月もそんな乱れた生活をしている。

ぱっ！　と玄関の明かりが点いた。トイレに起きた多栄子が瞳を見つけ、眠そうに話しかけてきた。

「おかえり……随分遅いじゃない。お酒臭いし、そんなに遊んでいて学校は平気なの？」

両親は瞳がキャバクラで働いていることを知らない。深夜まで渋谷のカラオケボックスでバイトしていて、付き合い始めの彼氏が車で家まで送ってくれると言ってある。思春期に反抗し続けたお陰で、今では何も言われなくなった。

「うん、たいちょぶ……寝る」

瞳はそのままゴロンッと廊下に倒れこんだ。

「絵里香っ！　自分の部屋で寝なさい！」

フワフワした体……飛び交うコール……誘惑の甘い言葉……虚《うつ》ろな記憶――。

――お母さんが怒ってる、でもこのまま朝まで眠ってしまいたい

今日は仕事帰りに珍しいところへ行ったんだ。

「愛香《あいか》で〜す、宜しくぅ」

新人が入ったと新海店長に紹介された。瞳と同い年の愛香は、金髪で色黒な肌に長身というイカツイ外見をしていた。言葉遣いも見た目通り汚いタメ口だった。不思議と愛香は瞳に懐いた。

「それ、EGOIST《エゴイスト》?」

瞳のワンピースを食い入るようにジロジロと眺め回す。

「そう、駅前のデパートで買ったんだ」

「超可愛い。私も買お!　ねぇ〜今度買い物付き合ってよ」

「同伴が入っていない日ならいいけど……」

麗子がエルセーヌを辞めてから何となく二週間が過ぎていた。愛香と麗子は全てが正反対のタイプだった。でも嫌いじゃなかった。愛香はこちらが訊いてもいないのに、プライベートをペラペラとよく喋った。「彼氏が束縛して大変!」「痩《や》せろって説教される!」「会わないとマジ切れる!」「エッチが超激しい」「結局私がいないと駄目な奴」そういって怒りながら惚気《のろけ》てくる——ウンザリな惚気話。いつものように愛香の話が耳を素通りする。無関心が顔に出ないように気をつける。

　持ち歩いている彼氏の写真を何気なく見せてもらった。赤いジャケットに、セットされた長い金髪、シャンデリアにド派手な内装。愛香の彼氏はホストだった。

【金の匂いがする】あいつがそっと耳打ちしてくる
「へえ～格好いいじゃんっ」

　嘘。お世辞。いかにもナルシストなキモイ奴。

「マジ？　まぁ、一応ヴィーナスの№1だけど～」

　誇らしげな愛香、すると不意に眉間《みけん》に皺《しわ》を寄せて、

「こいつとこないだ喧嘩《けんか》してー、『浮気してるんじゃねぇよ！』ってぶん殴られてさぁ、泣いて謝ったら許してくれたんだけど。その後ホテルで中出しされてさぁ！　まぁ『将来は一緒になろう』って言ってくれているけど、これで生理こなかったらマジ焦るよねぇ」

「喧嘩の原因は何だったの？」

「キャバ終わってから『今日は何時に来る？』って彼氏から電話があって～客とアフターだから行けないし、それ言ったらあいつ切れるから『酔ったから今日無理！』って嘘ついた訳。そしたら偶然店の後輩に客と歩いているところ見られちゃってさ！　もうボコボコッ！　顔なんか一週間腫《は》れたし」

「彼の店にはよく遊びにいくの？」

「週3日くらい。あいつNo.1だからいつも時間ないし、店に行かないと会えないから。彼女だし、応援したい気持ちもあるしさ」

――騙《だま》されている
瞳もよく使う手口。客を「彼氏」と言って店に通わせる。結婚や将来を匂わせて「大切にして」と手を出させないように防衛線を張る。他店に行くと浮気だと責めたてる。飴《アメ》と鞭《ムチ》。少しずつ相手を教育していく。やがて洗脳され、擬似恋愛との区別がつかなくなっていく。これが愛だと信じるようになる。

「あっ、やべ！　晃から電話だ」

晃――ホストの名前。愛香の偽りの彼氏。

愛香は暫《しばら》く話しこんだ後、乱暴にパチンッと携帯を閉じた。

「お前また浮気するだろっ！　て信用してくれないから、今からあいつんとこ行って話してくる」

弾《はじ》かれたように身支度をする愛香。

「一緒に行くよ」

瞳の声に驚いた愛香の顔――瞬間それは笑顔に変わった。

「マジでぇ？　良かった！　一人で行くのはちょっと気まずかったんだよねぇ」

瞳と同じタイプのホスト、似た者同士。似た手口。好奇心が疼《うず》く――。

二人は駅前からタクシーを拾い、西川口《にしかわぐち》へ向かった。


「いらっしゃいませ～！」

ホスト達の威勢の良い掛け声に出迎えられた。

薄暗く広いド派手な店内に、妖艶《ようえん》に輝くシャンデリア。高そうなボトルをテーブル一杯に並べて我が物顔の社長夫人。「ヤンキーですか？」と訊きたくなるくらい前髪を立ち上げたスナックのママ、ピエロみたいな化粧をしたオカマの群れ、濃くて浮世離れした世界――。

「愛香、遅かったじゃん。あっ、俺トマトジュースね！　昨日飲み過ぎちゃってさぁ～」

そういって晃はドカッと愛香の隣に腰を下ろした。

――ダサい男
金色の髪と不似合いな赤いスーツが、バブル時代を連想させた。

「あれっ？　どうも、君初めましてだよね？　俺、晃。ヴィーナスへようこそ」

「瞳はエルセーヌの№1なんだよ～」

愛香が余計なことを喋った。途端に晃がギラギラしたハンターの目になった。

「凄いじゃん！　やっぱりね〜可愛いと得だわ！　ねぇ瞳ちゃんはどんなのがタイプ？」

食いつき気味で訊いてくる。

「う〜ん、シャンパン飲める人」

無邪気にそう返した。一瞬にして晃の目が綻《ほころ》んだ——わかりやすい反応。

「おいっ、姫様にドンペリ持ってこいよ！」

「こちら、晃さんテーブルの素敵な姫様より、なんと！　なんと！　ピンドン一本頂きましたぁ〜」

大勢のホスト達に囲まれてのシャンパンコール——一斉に集まる視線、一瞬でなくなる十万円。

「晃ぁ、私シャンパンが廻ってきちゃった〜」

愛香は晃にベッタリと張り付いていた。

「スーツ派手ですね？」

つい晃に突っ込んだ。本当は「センス悪いですね」と言ってやりたかった。

「えっそうかなぁ？　赤は№1しか着られない特別な色だからね」

「晃はぁ、ヴィーナスでもう半年も№1なの！　凄いでしょ？」

「お前もよく頑張ってくれたよな！」

「晃が店揚がるまで辛抱してんのお」

幸せそうに寄り添う愛香。気づいているだろうか？　瞳を見る晃の目つきを。晃は瞳の前で一度も愛香を彼女とは言わなかった。愛香がトイレに立った瞬間「後で連絡して」と瞳にこっそり名刺を渡してきた。愛香＝色彼《いろかの》。勿論、色彼は愛香だけではないだろう。瞳と同じタイプだからわかること。瞳はそれをこっそりポケットに忍ばせた。

「じゃあ愛香には内緒だよ」

晃は勿論といった表情で、シャンパンの入ったグラスを掲げ、乾杯の真似ごとをした。

自信過剰な男。こういう奴を騙すのが一番心地いい。

あいつが囁く

【次の獲物はこいつだ】と――

露見

愛香が可哀想《かわいそう》

【晃お金持ってそう】あいつが嗤《わら》う

【だって本当の彼氏じゃないじゃない】

愛香はそれで幸せなんだよ
【偽善だね】

金に執着し男に復讐を誓う瞳。愛香をはじめ沢山の女を騙し、貢がせ、裏切るホスト達。晃——恰好《かっこう》の標的だった。何より、No.1なら馬鹿な女達から騙し取った金を持っている。離れられない女も愚かだけど、甘い言葉で女を食い物にするジゴロはもっとゲス野郎だ。人は皆、寂しい時何かに縋《すが》りたくなる。瞳は頭を使い男を魅了する、晃は暴力とセックスで女を縛りつける——勝負に勝てると確信する。

手元の時計で午後六時五十分——

起きるのが遅いホスト達も、そろそろ動き出す時間だ。同伴前の時間を使って、昨夜晃にもらった名刺を取り出し電話をかけた。

『……もしもし？』

眠たげなかすれ声。

「おはよ！　モーニングコールだよ」

『えっ、誰？』

「愛香の友達の瞳だよ」

『あっ！　ちょっと待ってね』

　バタバタと移動する音。

　──傍に女がいる
　女の勘がそう教える。

『ごめん、お待たせ』

「昨日はご馳走様。ホストクラブ初めて行ったけど楽しかった！　また愛香に連れて行ってもらわなきゃ。晃君、愛香と付き合っているんでしょ？」

『はぁ？　そんな訳ないじゃん！　あのブスそんなこと言ってるの？　確かに「付き合って欲しい」って散々告《コク》られたけど、客にハッキリ断れないからよく誤解させちゃうんだ』

「じゃ、何で瞳に名刺渡したの？　愛香が指名しているのに」

『瞳ちゃんのことマジでタイプだし、仕事頑張っている人って俺尊敬するんだ』

「嬉しい！　けど、愛香には晃君と連絡取ってることは内緒だよ？」

『勿論！　瞳ちゃんいつ暇？　外で飯でも食おうよ』

「じゃ明日は？　ちょうど店が面白いイベントするの。少しだけ寄っていかない？」

『俺を客にするつもり？　愛香もいるし気まずいよ』

「ヤダ！　重く考えないで、晃君のこと信用したいだけ。愛香が気まずいなら、誰か連れて二人共指名すればいいでしょ？　瞳、明日はお客さんいっぱい呼ぶから！　№1の接客見てみたくない？」

『う〜ん……』

値踏みする晃。考えている。瞳にそれだけの価値があるか。リスクはあるが愛香から上手く鞍替え出来ればその見返りは大きい。

瞳と晃の最初の勝負《かけ》。

「やっぱり、私じゃ愛香の代わりは無理かな……」

『いや！　そんなことないよ。分かった、行くよ。明日は同伴したらいいの？』

「うん、四人でご飯食べて行こう」

『オッケー！　愛香には俺から勘繰られないように誘っとくわ』

「やったあ、楽しみにしてるね」

ホストとキャバ嬢の化かし合い。№1同士の相手の腹の探り合い。晃は瞳の作戦通りに動いてくれた。

八月最後の金曜日――

エルセーヌで【コスプレデー】のイベントがあった。セーラー服に看護師、レースクイーンにチャイナドレスにＣ《キャビン》・Ａ《アテンダント》――これは全て新海の趣味だ。

晃達と南銀座通りの小料理屋で割烹料理を食べてから、午後八時三十分に同伴で店に入った。

「ちょっと待っていてね」

席に通される晃達にウインクして、瞳だけまた外に出た。

花沢と店前で待ち合わせをしてそのまま同伴し、ベートーベン、川上、先週客になったばかりの投資ファンドの若社長の水野とも相次いで一緒に店に入った。同伴すると料金が（＋《プラス》三千円）かかり、おまけに指名ポイントが付く。イベントは多少の無理が利くのだ。痛いほどに晃の視線を感じる。瞳の値踏みをしている——直感がそう働く。

瞳は中学生の頃着ていたグレーと白のセーラー服を着た。「あそこの制服が可愛い」と他校からも評判だった。高校の制服はブレザーだったし、何より忌まわしい記憶が甦る。茶色のローファーにダボついたルーズソックス、髪にストレートアイロンをかけて、なんちゃって高校生の出来上がり。

店は大盛況。皆が瞳のミニスカートを覗き込む。瞳は弾けんばかりの若さを振り撒いて忙しく席を回る。瞳は店で一番若い。ロリコン男にセーラー服は鬼に金棒。

「ウッチャーン、チェックして！」

色白でどこか頼りなくて、顔がお笑い芸人の内村光良《うちむらてるよし》にそっくりだからウッチャン。副店長の岩村《いわむら》は皆からそう呼ばれて親しまれている。

「はいっ、ただいまぁ！」

ウッチャンが伝票を持って走り回る。黒服もオーダー取りや灰皿交換で慌ただしい。店が活気づく。花沢がピンドンを入れる。晃がニヤつく。愛香は何も気づいていない。水野に鮨を取らせる。ベートーベンがヤキモチを妬く。川上が瞳を戻せと黒服に文句を言う。客足が途絶えることはない。新海が軽快にリズムをとる。

「いやぁー！　瞳ちゃん凄い人気だね」。晃が目をキラキラ輝かせている。

愛香にばれないように、瞳は連れのホストの隣に座った。それでも晃は瞳に食いついてくる。

「もう忙しいのには慣れちゃった！」と瞳は笑って受け流した。

「晃ぁ、店来てくれるの初めてだね～嬉しい！」

モスコミュールに口をつけながら、青いチャイナドレスの愛香が満足そうに微笑んだ。

「今日は本当いいもの見せてもらったよ！」

晃達は結局ラストまで飲んでいった。

「あのさぁ、愛香が『この後ヴィーナスで飲み直す！』って言ってるんだけど一緒に来ない？」

相変わらずわかりやすい男。晃達が今夜店で支払った料金は二人合わせて八万円。この間瞳が支払ったドンペリ代は十万円。最低でもこの二十倍は晃に遣わせる。

「ごめんなさい！　アフターが入ってるの。全然席につけなかったから、お客さんが怒っちゃって」

嘘。

さっき花沢に「酔っちゃったから家まで送って」と頼んでおいた。

「そっかー、じゃあ仕方ないなぁ。また近々時間作ってよ！」

「うん、愛香のこと宜しくね」

店を出て、タクシーを拾う晃達の目の前に花沢の白いロールスロイスが停まった。瞳は運転手にドアを開けてもらい、ぼーっと立ち呆《ほう》ける晃達に笑顔で手を振った。

「またね」

晃の驚いた顔が心地良かった。

蜩《ひぐらし》の鳴き声が夏の夜の訪れを告げる――

夕方に三件の着信があった。一件は花沢、一件は晃、一件は見覚えがない――かけてみる。

「もしもし？」

『あっ！　瞳、俺ウッチャン』

聞き慣れた声に、ほっと胸を撫で下ろす。

「何だ〜ビックリしたぁ！　いきなりどうしたの？」

『今日店終わってから、少し時間空けてくれない？』

「いいけど……何？　ミーティング？」

『いや、そういう訳じゃないんだ。とりあえず後で話そう！』

店を閉め、手早く着替えを済ませてから、ウッチャンの案内で大宮駅西口にあるショットバーに入った。カウンターが八席とカーテンで仕切られたテーブル席、アロマキャンドルと間接照明でムーディーな雰囲気を醸し出していた。バーテンダーにチャイナブルーとレッドアイを注文した。

「それで、ウッチャン、話って何？」

「瞳って彼氏いたっけ？」

一瞬勇の顔が頭を過《よぎ》った。

「別に、適当」

「好きな人は？」

何だか妙な空気になってきた。

「いないよ。今はそうゆうのに興味ない」

「………」

ウッチャンは無言のままレッドアイをグイグイ飲み干した。

「それで？　話って何？」

「気になるんだ、瞳のこと。好きなんだよ」

「えっ？」

ウッチャンはいきなり手を握ってきた。瞳は慌てて引っ込めた。

「俺じゃ駄目かな？」

「でも、これ風紀だよ？　わかってるの？」

（風紀――黒服とキャストの恋愛。キャストは商品、風紀はご法度。黒服は罰金二百万円也を支払うのが暗黙のルール）

「勿論秘密だよ！」

「瞳、ウッチャンのこと信用しているし、傍にいてほしいと思うけど、よくわからないよ。そんな風に考えたことないもん」

ウッチャンはバーテンダーにスピリタスを注文した。ポーランド産のウォッカで、アルコール度数は九十六度――火がつくことで有名な、最高に強い酒だ。

「じゃ、俺のために考えてくれよ！」

ウッチャンは一気にショットグラスの中身を飲み干した。激しく噎《む》せかえって水を飲んだ。いたたまれなくなって、瞳は先に店を出てタクシーを拾った。驚いた。客じゃないだけに困惑した。ただの仕事仲間だと思っていた。ウッチャンがそんな目で見ていたなんて――また裏切られた気持ちになった。


日曜日、勇とは会わなかった。勇は電話口で子供のようにふて腐れていた。

水野社長と食事の約束をしていた。ＪＡＹＲＯのシックなパンツスーツに身を包んで、水野の青いＢＭＷで赤坂見附《あかさかみつけ》の高級中華料理店に入った。最上階から東京の夜景を見下ろした。都会的でロマンティックな夜景だった。もっと高いところから眺めたいと思った。

車窓から流れる景色をぼんやり見つめながら、ＢＭＷは首都高を走った。

「瞳君は哀しい目をするね」

ハンドルを握りながら、水野が切なそうに言った。

家に着いてから愛香から着信が鳴った。

『私、オッパブ（おっぱいパブ）で働こうかな』

晃に「お前に合った店紹介してやるよ。俺達の結婚資金貯めとけ！」と言われて愚かにも愛香の心は揺らいでいた。報われぬ愛を真剣に悩んでいた。

【私が化けの皮を剝いであげる】愛香が破滅の道を行く前に——。

晃からの電話には暫く出なかった。焦らす。金のかかる女だと思わせる。でも客にすれば見返りはデカイ。高嶺《たかね》の花だと思われない程度に距離を置く。晃が焦る。

次の火曜日も晃は飲みに来た。晃には自信がある。No.1の意地がある。自分は騙されないという驕《おご》りがある。それを利用する。通わせる癖をつける。やがてそれが習慣になる。

徐々に一杯千円のカクテルから眞露《じんろ》、吉四六《きっちょむ》、山崎、ヘネシー、リシャールなどの何十万単位の高額キープボトルへ移行させていき、シャンパン、フルーツ盛り合わせ、鮨などのオーダー類で料金設定を上げていく。瞳の成績はドンドン伸びる。給料も飛躍的に上がる。

でも心は満たされない。もっとお金が欲しい、もっと刺激が欲しい。あの夜景をもっと高いところから眺めたい。あの忌まわしい記憶を拭《ぬぐ》い去りたい。

同伴前にウッチャンから着信——。何だか面倒臭くて、あれからウッチャンの電話には出ていない。新海に、相談があると言って週末に話を聞いてもらうことにした。

今日も水野と待ち合わせをしていた。腕組みをしながら北銀座通り近くの中華料理店に入った。水野は中華が好きなのだ。北京ダックを頰張り、上海蟹を食べ、マンゴープリンでしめた。

いつものように寄り添いながら、ロータリーを抜けてエルセーヌに向かった。ふと誰かに見られているような気がして振り返った。見ると、背筋のピンと伸びた背広姿のサラリーマンが呆然とロータリーに立ちつくしていた。一瞬目の前が真っ暗になった。

「お父さん！」

周りの時間が止まったように思えた。驚きのあまり、暫く目を背けることが出来なかった。

「瞳君？」

水野の声で我に返ると、腕を摑み一目散に店に入った。後ろを振り向けなかった。頑固者の父は青ざめていた。自分の目が信じられないという顔をしていた。東大宮でダンススクールを開く父のことを、場所が近いだけに最初は警戒していた。酒の苦手な父は滅多に飲みに行かないし、車通勤のために電車を使わない。絶対に見つかりはしないと、内心たかをくくっていた。でも水野と腕組みをして歩いているところを見られてしまった。逃げるように去ってしまった。

営業を終えて送りの車に乗り込んだ。家に帰りたくない。けれど他に行くあてもない。勇には会えない。結局自分の居場所は家以外ないのだ。

暗い玄関が異様な迫力を放っていた。恐る恐る鍵を開ける。《ガチャンッ》内鍵がかかっていた。ふと足元を見ると、二つ折りにされた手紙がドアの前に置かれていた。達筆な多栄子の字だった。

《援助交際する子は家の子じゃありません》

援交していると誤解した両親を責められる立場でもなかった。瞳は家から閉め出されてしまった。

途方に暮れ、仕方なく近くのコンビニでキャンディとジャスミン茶を買った。ビニール袋を提げてブラブラと歩いた。あてもなく、何となく……。暫く歩いて、瞳が昔通っていた立原《たてはら》小学校の前に着いた。秋になると校舎いっぱいにオレンジ色の金木犀《きんもくせい》の花が咲く。瞳はフンワリしたこの花の香りが好きだった。導かれるように門を開けて、校庭を散歩する。落ちていたバスケットボールをトントン足で蹴《け》りながら空を見上げた。星が綺麗な夜だった。

瞳は携帯を取り出して勇に電話をかけた。

「今まで振り回してごめんね、もう別れよう。さようなら」

勇の返事を待たずに電話を切った。電源を落とし、携帯をジーパンのポケットの中にしまい込んだ。

「ふぅー……」と深い溜め息をついた。

——もう迷えない
瞳は専門学校をやめて実家を出る決意をした。
夜空を見上げると夏の大三角形がひと際美しく瞬いていた。

クリームシチュー

大宮からほど近い、浦和の閑静な住宅街にひっそりと建つ二階建ての白いアパート。［二〇二号室］ここが瞳の新しい住まいになった。敷金礼金ゼロ＆家具付きが売りのこのアパートは、新海に紹介してもらった。共働きの両親とケイトが高校に行って留守の間を見計らって、新海の車で衣類や毛布などの大まかな荷物を部屋に運びこんだ。

ダイニングテーブルに両親宛ての手紙を置いて——。

「いやーっ！　やっぱ引越し蕎麦《そば》だなぁ〜」

近くの所帯じみた定食屋で天ぷら蕎麦を食べた。新海のあっけらかんとした性格と、いざという時の行動力がありがたかった。

「瞳、客にマンション買って貰えば？　花沢さんとか水野さんとかお金持ちなんだから」

「瞳エッチしたくないもーん」

「甘いなぁ～まだ若いからしょうがないか」

「どうゆう意味？」

「俺はさぁ、瞳のことスカウトしておいてなんだけど、正直ここまで売れるとは思わなかったよ。若いし学生だし大人しいし。でもよっぽど負けず嫌いなんだなぁ。いやー素晴らしいよ。けどまだ甘いなぁ～。本気でこの仕事続けていたら、いつか体を張らなきゃならない時がくる。安売りなんかは絶対にするなよ！　プロっつうのはここぞって時に決めるもんさ」

「よくわかんない」

「まぁそのうち教えたる。さてと、腹一杯だし、そろそろ行きますか」

新海が伝票を掴み、さっさと会計を済ませた。瞳はその後に続いた。途中のコンビニで歯ブラシとシャンプー、缶コーヒーを二本買った。

新海の車で送られながらウッチャンのことを相談した。途端に新海は真剣な表情になった。

「それは問題だからあいつに言っておく。ウッチャンとは同期で一番の仲良しなんだ。副店長がNo.1の商品に手を出すなんて有り得ないことだよ！」と冷たい口調で言い放った。

『商品』という言葉が妙に現実的に聞こえた。

瞳は引越しの片付けで店を一日休んでから、久しぶりに川上と創作居酒屋で食事をした。

素っ気ない家庭料理が今となってはありがたい。同伴出勤をしてから新海の指示でフリー客一名についた。小太りな体型に眼鏡をかけて、髭《ひげ》がジョリジョリしていて、何だか冴えない感じ。とても二十歳には見えなかった。

「あぁ～……適当に何か飲んで」

「ありがとう。すいませーん！　イチゴミルク下さい」

「AVかよ！」

苛《いら》つくスナックジョークはシカトした。

「何の仕事してるの？」

「みんなから金を貰ってるっちゃよ～」

「ヤクザさん？」

「それとはちょっと違う」

「じゃあ、サラリーマン？」

「こんなふざけた私服着たサラリーマンていますか？」

「分かった！　学生さんでしょ？」

「それもハズレ」

「普段は何しているの？」

「パチンコと麻雀」

学生でもなく、サラリーマンでもなく、ヤクザでもない。よくわからない変な人。

「君はさっきついた子より感じいいっちゃよ。名前何て言ったっけ？」

「私？　瞳だよ」

いつものように男の膝の上で名刺に電話番号を書いた。男は嬉しそうに体を震わせた。

「くすぐったいっちゃ！」

「はいっ！　これ名刺。私は何て呼んだらいい？」

「俺……軍曹《ぐんそう》」

男はボソッと呟《つぶや》いた。

次の日から軍曹は毎日瞳指名で店に来た。九月も頭から幸先《さいさき》が良い。何故か軍曹はウッチャンと仲良くなった。本人曰《いわ》く「ウッチャンは使えるし、喋りやすいっちゃよ〜」らしい。

ウッチャンは新海に注意されたらしく、瞳に電話をかけてこなくなり、営業中に目も合わせなくなった。チラ見はする癖に、わかりやすいくらいに瞳を避けていた。ウッチャンと軍曹は、瞳に好意を持つ者同士自然と気が合ったのかもしれない。

今日また新人キャストが入ってきた。

「瞳ぃ〜！　ジュリを宜しくなぁ！　仕事色々教えてもらえ〜」

新海にそう言われて、なんだかムッとした。

――瞳はNo.1なのに

ジュリは金色の髪をクルクル巻いた、フランス人形みたいに可愛い子だった。ベートーベンが「顔はいいけど性格悪そぉ！　ああいう奴を指名するとロクなことがないっ」と満更でもない反応をしていて面白かった。

たまたま送りの車が一緒になった。ジュリは瞳にさりげなく話しかけてきた。一つ年上のジュリは苦労人だった。小学校にあがる前に、母親が浮気相手と駆け落ちして以来ずっと父親に育てられた。母親が残した数百万の借金があり、中学を卒業してすぐ水商売で働いて借金を返済、今は二つ年上の兄とアパート暮らしをしていた。今は楽しいと笑顔で話すジュリが泣いているように見えた。

部屋に戻った途端、溜《た》まっていた疲れがどっと溢れてそのままベッドに倒れこんだ。

いつの間にか寝てしまったのか――手元の時計は午後三時を指している。

寝ぼけ眼で鞄《かばん》から携帯を取り出した。実家と勇から着信有り。伝言メッセージを再生する。

『絵里香帰ってきなさい！　親に心配かけて、犯罪にでも巻き込まれたらどうするつもり？　だいたいこんな手紙、ピー』――多栄子からの伝言。

『別れるのは嫌だよ！　学校にはもう来ないの？　連絡して』――勇からの伝言。

削除ボタンを押してまた深い眠りについた。

エアコンの要らない過ごしやすい季節――鱗雲《うろこ》が秋の訪れを感じさせる。

市役所から午後五時を告げる赤とんぼのメロディーが流れてきて目を覚ました。あれから二時間近く寝てしまった。急いでベートーベンに電話をかけて三十分遅刻すると伝えた。ユニットバスで熱いシャワーを浴びて慌ただしく身支度をした。タクシーに飛び乗り、車内で簡単な化粧を済ませ午後七時に大宮駅に到着。ベートーベンは、キョロキョロと落ち着かない様子で待ちくたびれていた。

「今日は待たせちゃったから瞳がご馳走するね」

移動が面倒臭かったから、店から一番近い司鮨に入った。高級鮨で通っているため、ベートーベンは「大丈夫ぅ？」と終始落ち着かない様子だった。

金はあった。今まで贅沢品も買わずにキャバクラで働いた金がそのまま残っていた。

「珍しいね。瞳が寝坊するなんて、風邪でも引いたんじゃない？」

ベートーベンは心配そうに瞳の顔を覗きこむ。どこまでもお人好しで優しい人。上握りを二人前と熱燗《あつかん》を注文した。

「俺そろそろ貯金も底をついてきたし、店の通いを減らそうと思って……。残業もしてないからこのままだと本当にクビになる！」

不意にベートーベンが熱燗を飲みながらそんなことを漏らした。

瞳はおもむろにとっくりを持ち、神妙な面持ちで酌をした。

「でも、私コウちゃんと会えなくなるの、嫌だなぁ」

「最近会議中に居眠りして、上司に目をつけられてるし……」

「じゃあ仕事辞めちゃえば？　コウちゃんくらい出来る人ならもっと楽な会社あるよ」

「……うん」。ベートーベンは難しい顔をして、ゆっくりと頷《うなず》いた。

同伴したベートーベンの席でジュリを場内指名した。他に軍曹と水野社長が来ており、フリー客にも回されるため、席につけないベートーベンに不満を持たれないための対応策。

ベートーベンは実に楽しそうだった。ジュリは十九歳にしてすでに四年のキャリアがあり、接客も上手かった。カラオケで安室奈美恵《あむろなみえ》の『SWEET　19　BLUES』を熱唱した。ジュリは歌も上手かった。初めてライバルと呼べる人に出会った。冷めていた気持ちが熱くなる。№2の彩夏が意識するほどに、エルセーヌでのジュリの存在は大きかった。新海はご満悦な顔をしていた。

営業が終わり、送りの車に乗った。部屋の近くのコンビニの前で降ろしてもらい、簡単なお惣菜《そうざい》とヨーグルトを買った。帰宅して一人で味気ない食事を済ませ、ユニットバスに湯を溜める。ＬＵＳＨで買った柑橘《かんきつ》系のバスボムを放り込む。

《フゥー……》とゆっくり目を閉じる。入浴している間だけが瞳の癒《いや》しの時間だった。

たまたまジュリと同伴出勤の時間が重なり、更衣室でスーツに着替えている時に話しかけられた。

「瞳、最近元気ないね」

「そう？」

「うん、相当ストレス溜まっているでしょ？」

「別に。色々あったから疲れているだけ」

何だか心を見透かされているようで、ちょっと焦った。

「ねぇっ！　今度面白いところへ連れて行ってあげよっか」

「面白いところ？」

次の日曜日、ジュリに誘われて大宮駅前で待ち合わせをした。西口のデパートに入り、エスペランサで靴を物色して、新作の黒い厚底ブーツを買った。ゲームセンターに行き、半年ぶりにプリクラを撮った。ジュリは殊《こと》の外《ほか》明るかった。お腹が空いて南銀座通りのレストラン・バーでパスタとサラダを食べ、カクテルを嗜んだ。

「じゃ、そろそろ行こっかぁ！」

ジュリはテーブルにスタンドタイプの鏡を立て、たっぷりと薄いピンクのルージュを塗った。髪の毛を櫛《くし》でフワフワと逆立てスプレーを振り、イソイソと伝票を持って立ち上がる。瞳もその後に続いた。割り勘で会計を済ませ、瞳の腕をグイグイ引っ張りながら大宮駅から少し離れた灰色の雑居ビルに入った。

ダンディーハウスと書かれた黒い看板――。何だか怪しい雰囲気。白人のボーイに「カモーンッ」と中央のボックス席に案内された。だだっ広い店内の真ん中に、赤いカーテンで仕切られたステージがあり、背の低いボックス席が十五卓、白人と黒人が絡み合う半裸の特大ポスターが所々に貼ってある。

そこは外国人のストリップバーだった。

「格好いい人ばっかりなの、アソコも超〜デカイから」

隣のジュリは鼻息を荒くしていた。すでに経験済みのような台詞がリアルだった。ボーイにチップを渡し、カクテルを二つ頼んだ。周りを見渡すと、殆どが目をギラつかせたおばさん連中。年甲斐《としがい》もなく《キャーッキャーッ》黄色い声をあげている。

急に店内が暗くなり、爆音と煙幕。《エンジョーイ！　スペシャルショー・ターイム》――巻き舌ＤＪのマイクを合図にショーが始まった。

　エナメルのスーツにガーターベルトを着込んだマッチョなダンサー達が、音楽に合わせて次から次へポールダンスをしながら服を脱いでいく。全て脱ぎ終わるとステージから降りて、ボクサーパンツ一枚で、一人一人順に席を回っていく。パンツの間に万札を入れた。セクシーなマッチョ男が腰をくねらせて、瞳の手の甲に「ｔｈａｎｋ　ｙｏｕ」と湿ったキスをした。瞳の膝の上に乗り、抱きつきながらプライベートダンスをする。ダンサーは強引に瞳の手を股間に押しつけてくる。色っぽい目つきで、大きくて熱いものを摑ませる。腰に手を回せとせがんでくる。ダンサーはますます激しく動く。耳たぶを嚙《か》まれてゾクッとした。充満する汗の匂いとコロンの香り。エロティックで刺激的な感覚。何時間か飲んだ後、フラフラになりながら店を出た。チップ制のため、さほど会計は高くなかった。

「どう？　最高でしょっ！　マッチョ〜」

　ジュリは興奮気味ではしゃいでいた。外国人が好きなのだ。

　通りで流しのタクシーを捕まえ、瞳を乗せた。

「じゃあまたね！」

「あれ？　ジュリはどうするの？」

「さっきスティーブと約束したから」

　ジュリはおもむろにポケットから携帯を取り出し、嬉しそうにまたネオンの中へ消えていった。

瞳はタクシーに揺られながら、ヴィトンの鞄から無数に貰った名刺を取り出した。窓を開けパラパラと道路に撒き散らした。

「お客さん困りますよ〜」と運転手がミラー越しに眉間にしわをよせた。

「チップ欲しい？」

瞳はクスクスと笑った。運転手は仏頂面をして無言のまま走り続けた。酔ってなどいなかった。ドンドン冷めていく自分が可笑しかった。

——夢を見て目が覚めた

真っ暗闇に堕《お》ちていく夢
そこが崖なのか、ビルなのかわからない
けれど最近よく見る夢
自分だけが堕ちていく夢

ポットで熱い珈琲《コーヒー》を淹《い》れた。マグカップを片手に窓を開け、外の新鮮な空気を体の中に取り入れる。

——もうすぐ今月も終わりか
だんだん独り暮らしにも慣れてきた。今日は月曜日。たまの休みだ、溜まっていた洗濯と掃除をしてしまおう。買い出しに行って今日は久しぶりにシチューでも作ろう。

瞳はジーパンとTシャツに着替え、財布と鍵だけ持って部屋を出た。散歩しながらテクテク歩いて駅前のスーパーに行き、日用品とシチューの材料を買い込んだ。帰り際に近所の家から懐かしい煮物の匂いがした。涙がこぼれないように鱗雲を見ながら歩いた。

部屋に戻り、キッチンにシチューの材料を並べる。人参、玉葱、ジャガ芋、鶏肉を小さく切って、貧相なコンロでグツグツ煮込んでいく。鍋いっぱいに出来たクリームシチュー。

久しぶりに作ったシチューは多栄子と同じ味がした。

バースデイ・イベント

十月の初旬——
愛香が突然店を辞めた。西川口のおっぱいパブで働くらしいことを、後から新海店長に聞かされた。

愛香はエルセーヌに移籍してから指名もなく、殆どクビみたいなものだと新海はケラケラ笑っていた。晃は瞳に何も言わなかった。結局間に合わなかった。愛香が作戦に嵌まる前に、晃の化けの皮を剝がして、修羅場にしてやろうと思っていたのに――。

愛香に電話をかけようとしたけれど――何となく気が引けた。

「仲良しだったのに残念だな」

いつも南銀の人混みに立って「エルセーヌどうっすか?」と客引きしているマネージャーの将《まさる》が声をかけてきた。

「別に……友達じゃないから」

遠い目をする瞳の頭を、将の熊のように大きな手がヨシヨシと撫でる。

「元気だせ! №1」

そういって、軽くおでこをデコピンされた。将はブルーのパーカーをシャカシャカ鳴らしながら、店の割引チケットを片手に夜の南銀に消えていった。

来月の七日は瞳の十九歳の誕生日。感傷に浸っている余裕などなかった。晃にはそこでピンドンを下ろしてもらう心積もりでいた。あれからコンスタントに通い続けて、エルセーヌで遣った金額が〆《しめ》て百万円。詰めが甘かったと自分を責める。

新海に渡された【来客予定リスト】に目を通す。当日の来客予定は二十組。スナック程度の規模の店で、半年のキャリアにしてはまあまあの数字だった。後は売上高。頭の中で電卓を叩く——。

「いらっしゃいませ〜！　瞳さんご指名でーす」

開店早々軍曹が飲みに来た。入口の側の端っこの席に、相変わらずの体育座りを決め込んでいる。

「そろそろ貯金もなくなってきたっちゃよ〜。毎日エルセーヌに来ている場合じゃなくなってきたさ」

開口一番、ベートーベンみたいなことを言うので腹が立った。

「来月の七日お誕生日なの。瞳、可愛いドレス着るからお祝いしに来てね」

辛気臭い話なんて聞いていられない。誕生日の話題に変えた。

「あぁ〜そうなの？　来たいっちゃけど、本当にお金なくなるさ。ウッチャンにここで雇ってもらおうかな〜。ボーイってどんな感じ？」

「う〜ん、雑用ばっかりで大変だよ。軍曹と毎日一緒にいられるのは嬉しいけどね」

冗談っぽく受け流した。

「そぅ……」

軍曹はボソッと呟いて、どこか遠い目をしながら立ち上る煙草の煙を見つめていた。

先月初めて瞳と会ってから約二ヶ月、軍曹は毎日オープン～ラストで通っていた。存分に飲み食いして遊ぶため、スナックに毛の生えたようなエルセーヌでも最低十万円はかかる。軍曹は相当お金を遣い込んでしまったらしい。

——誕生日まで上手く繋《つな》げなくちゃ

瞳は多少の焦りを感じていた。

軍曹に、ベートーベンに、愛香の退店、おまけに来月に控えた誕生日イベントのプレッシャーで苛々が募り、ムシャクシャしていた。その日の仕事終わり、珍しく瞳からジュリを飲みに誘った。

「瞳が飲みに誘うなんてどうしたの？」

「付き合ってよ、外国人じゃないけど」

「たまには日本人もいっとかなきゃねぇ」

ジュリはケラケラ笑いながら、手鏡を翳《かざ》して唇にたっぷりのルージュを塗った。

エルセーヌからさらに南銀を奥に進んだ線路沿いにその店はあった。クラブロミオ——そこは愛香が店を辞めるちょっと前、「晃と付き合ってなかったら嵌まっていたかも」と気に入っていたホストクラブだった。

「いらっしゃいませ～」

青を基調とした薄暗い店内に、カウンター席とボックス席。中央にレトロなシャンデリアが輝いている。ヴィーナスに比べてシンプルな店だ。背の高いロン毛の男が話しかけてきた。

「どなたかご指名ありますか？」

「二人とも初めてなんですけど」

「広告か何かで？」

「前に飲みに来た子に紹介してもらったの！」

「そうなんだ！　二人とも初回料金で五千円。二時間焼酎飲み放題だから」

簡単なシステムの説明をされ「こちらへどうぞ」と中央のボックス席に案内された。テーブルの上に眞露が用意されており、割物でジャスミン茶をピッチャーで頼んだ。ホストに一万円を手渡し、フルーツの盛り合わせを注文した。商売柄、テーブルに何かのってないと落ち着かない。

「初めまして〜！　一樹《かずき》で〜す」

さっき席に案内してくれたロン毛がジュリの隣についた。

「輝《あきら》です！　宜しく」

瞳の隣に輝がついた。二十歳そこそこで整った顔立ちをしている。ヴィーナスのそれとは似ても似つかないけれど、どうも『アキラ』という名前に縁があるらしい。因《ちな》みに新海店長の名前も明《あきら》だ。

十五分単位で次々にホストが入れ替わった。「歳は?」「どこで働いているの?」「彼氏はいるの?」「独り暮らし?」「今度飯でも食いに行かない?」。代わり映えしない質問。上がらないテンション。テーブルに並ぶ五枚の名刺。やっぱりつまらない。グラスにばかり手がのびる。

——こんなものか

そろそろチェックしようと思っていると、最後に隼人《はやと》がついた。

「いやいや初めまして。こんな冴えない店で申し訳ない」

瞳に主任と肩書きの入った名刺を差し出し、遠慮がちに挨拶をした。話も普通、背も人並み、声も鼻についた感じ、ただ顔とヘアースタイルがタイプだった。くしゃっと笑った顔が可愛かった。指名した理由はただそれだけ。ジュリは最初についたロン毛を早々に気に入ったらしく、いつの間にか指名を入れてちゃっかり携帯番号を交換していた。

「瞳ちゃんていうんだ? 可愛い子の席は仕事忘れちゃうな! 俺が金払って飲みに来たみたいだね」

「うまいなぁ、もう。隼人さんはいくつなの?」

「俺、二十三歳だよ」

「年上だね。良かったら何か飲んで！」

「じゃぁ〜シャンディーガフ貰っていいかな？」

「うん、私もそれ頂戴《ちょうだい》」

初めて飲んだシャンディーガフは、甘苦くてまずかった。隼人と一時間ほど他愛のない会話を楽しんだ後、チェックをした。

表に見送りされた時、隼人に連絡先を訊かれた。

「また今度来た時にね」

そう言って教えなかった。タイプなだけに男として見てしまう自分が恐かった。

店を出て覚束ない足どりのまま、細い線路沿いの道を大宮駅に向かって歩いた。空は薄ら水色に染まっていた。

「結局朝まで飲んじゃったねぇ！　あぁ〜眠い」

言いながら瞳は思いっ切り背伸びをした。ムシャクシャしていた気分もいくらかすっきりしていた。

「ジュリは電車？」

「………」

後ろを振り返るとジュリは笑いながら一樹と電話で喋っていた。

ジュリにパントマイムで「バイバイ」と合図して、タクシーに乗った。運転手に行き先を告げて少し窓を開ける。ジュリはその場にしゃがみ込んで、楽しそうに話をしていた。

「お客さん、着きましたよ！」

いつの間にか寝てしまい、運転手にゆり起こされた。

「どうも」。瞳は慌てて料金を支払い、タクシーを降りた。サングラス越しの太陽が目に染みる。腕時計を見ながら小走りに駅へ急ぐサラリーマン、ゴミ出しをする主婦、白いタオルを首からかけてウォーキングに励むお年寄り、朝の溌剌《はつらつ》とした風景の中に足元をフラつかせた酔っ払いが一人。その姿がえらく滑稽《こっけい》に思えて、自然と笑いが込み上げてくる。

アパートに着き、二〇二号室の郵便受けを開けた。横にある備え付けのごみ箱に、山積みになったチラシや広告を放り込む。瞳がこのアパートに住んでいるのを知っているのは新海店長だけ。瞳宛ての手紙などくるはずもない。ポケットの中から六枚の名刺を取り出した。

隼人――もう行くこともないだろう。今の瞳には必要ない人。

「バイバイ」

冷めた口調で名刺をごみ箱にばらまいた。

十一月七日——誕生日イベント当日

寝ぼけ眼で窓を開ける。幸い爽《さわ》やかな秋晴れに恵まれた。今日はいつもより三時間も前に目が覚めた。ポットにお湯を沸かし、熱い珈琲を淹れる。マグカップ片手に、昨日買ったばかりのワインレッドのロングドレスを眺める。

赤はNo.1の色だから——いつの日か、晃に言われたその言葉が瞳の心に刻まれていた。

「よしっ！」

気合いを入れて冷蔵庫を開ける。悪酔いしないようにヨーグルトで胃に膜を張り、頭から熱めのシャワーを浴びた。スッピンのまま駅前の美容院に行き、髪をアップにセットして、プロにメイクをしてもらう。いつもの数倍綺麗に変身した。

タクシーに飛び乗り、オープンの一時間前に店に着いた。【来客予定リスト】を新海に手渡し、持ってきたロングドレスに着替える。瞳は赤がとてもよく似合った。予定客に最後の確認の連絡をする。今日は客全員に同伴ポイントがつく。セット料金に（＋三千円）の同伴料が予め組み込まれている。多少強引だが、売上とポイントを確実に上げられる。新海が、忙しい瞳のために考えてくれた誕生日だけの特別システムだ。新海の声で店内に軽快な音楽が流れ出した。

「瞳〜、イベント本番！　頑張るぞぉ！」

「いらっしゃいませ～！」

軍曹に続いて花沢社長が団体で大きなバラの花束を持って入ってきた。入れ違いに水野社長がエルメスの紙袋を提げやってきた。続々と席に案内される。

「瞳さん、もう三組いらっしゃっていますよ！」

「はぁ～い」

更衣室の鏡で唇にたっぷりグロスをのせて、百万ドルの笑顔を作ってホールに出た。

「いやぁ～瞳お疲れ様ぁ！　凄かったねぇ～それにしても疲れたぁ！　めでたい、めでたい」

「ありがとぉ」

新海店長に《祝十九歳　おめでとう！　スタッフ一同》とカードが添えられた花束を貰った。

結局、予定外の客も含めて二十二組、売上高が小計三百万円。上出来だ。晃にはピンドン二本と白一本入れさせた。ベートーベンに水野社長に花沢社長、他の指名客から貰った花束とプレゼントに埋もれながら、酔いと疲れでそのまま意識を失った。

——どうやって帰ったのかは覚えていない

極度の喉の渇きで目が覚めた。グルグル廻る視界、ガンガンする頭、二日酔いだ。這《は》うようにベッドから降り、冷蔵庫からポカリスエットを取り出す。ゴクゴク飲み干して、また死んだように眠りについた。

遠くから聞こえてくる赤とんぼのメロディー。瞳はゆっくりと目を開け、枕元をまさぐり携帯から店に一日休むと電話をかけた。ベッドからゆっくりと重い体を起こした。気分は幾らか楽になった。

部屋は噎せかえるような花の匂いと、プレゼントの山。窓を開け空気の入れ換えをする。ひんやりと冷たい風が心地良い。ジャージにサンダルを突っかけて、フラフラと外に出る。コンビニであさりの味噌汁とトマトジュースを買った。鼻唄を歌いながらビニール袋をぶら下げて、近所の小さな洋菓子店へ入っていく。ショートケーキを一つだけ買い部屋に戻った。

ユニットバスにぬるま湯を溜めて、肩まで浸かりながらゆっくりと酔いを醒《さ》ました。下着と大きめのTシャツを一枚だけ羽織り、冷蔵庫の中から冷えたグラスを取り出して、なみなみとトマトジュースを注ぐ。

――HAPPY　BIRTHDAY絵里香
心の中でそう言いながら、噛み締めるようにケーキを食べた。

「大変だったなぁ〜お疲れ様」

翌日出勤すると、将が心配そうに声をかけてきた。

「うん。酔って全然覚えてないの」

「家に送ったことも？」

「は？」

「店長に頼まれてさ、タクシーで一緒に瞳の部屋まで荷物運んだんだぜ？」

「嘘っ？」

確かに部屋には、一人では持ち切れない量のプレゼントと花束がある。将が部屋に運んだのだ。

「全然覚えてないの。ごめんなさい、迷惑かけて……」

「いいよ。お安い御用だし」

将はチラッとホールを一瞥《いちべつ》して「じゃ、頑張れよ！」とまた夜の南銀に消えていった。ノソノソと歩く丸い後ろ姿が、熊みたいで可笑しかった。

ウッチャンが珍しく声をかけてきた。

「一昨日はお疲れ！　よく頑張ったね〜。偉い偉い！」

「うん、ありがとう」

「あのさ、急で瞳には申し訳ないんだけど……」。ウッチャンは決まり悪そうに言葉を濁した。

「何？」

「どうしても！　って頼まれて、今日からエルセーヌで一緒に働くことになったんだ」

そう言い、ウッチャンが顎《あご》をしゃくった。

ホールを見ると、蝶ネクタイを締めた軍曹が丁寧に灰皿を並べていた。

警告

「何やってんの？」

「一緒に帰ろう」

「あんたバカ？　ボーイと帰ったりしたら、風紀だって噂されちゃうよ」

「じゃ、皆に言わなきゃいいっちゃ！」

「そこどいて！」

瞳は軍曹を押し退《の》けて、大通りに向かって走った。軍曹はそのまま入口のドアの前にぼーっと佇んでいる。背中越しにゾクッと寒気を感じながら、慌てて送りの車に乗り込んだ。車内の彩夏は忙しそうにメールを打っている。今日店の送りを使うのは、瞳と彩夏の二人だけ。携帯に軍曹からの着信――バチンッと荒々しく携帯を閉じ、恐くなってそのまま電源を落とした。

「瞳の客大丈夫？」

彩夏が片手でメールを打ちながら訊いてきた。

「何で店が雇ったのか本当に不思議！　瞳の客だってみんなわかっているのに。営業中もチラチラこっち気にしてて接客しづらいし、さっきだって入口で待ち伏せされたんですよ？　信じられないっ！」

つい彩夏に愚痴を零《こぼ》した。

「マジで～？　こわっ！　本当に瞳のこと好きなんだねぇ」

「お金がなくなって、通えないからって、何もボーイで働かなくても。超キモいっ！」

「まぁまぁ、そこまで嵌まらせた瞳が悪いんだし」

「瞳が？」

「面白いから今客にメールしちゃった！」

――このババア

彩夏に愚痴って後悔した。

部屋に戻り携帯の電源を入れる。十七件の不在着信。一件の留守電有り。嫌々ながら留守電を聞いた。『明日は一緒に帰ろう、帰り待ってるから！　早めに着替えてきてね。おやすみ』速攻削除ボタンを押した。この執着心——初めて軍曹を恐いと思った。新海に電話をかけて、ヒステリックに不満をぶつけた。

『ストーカーに発展する恐れがあるから、刺激しないように上手くクビにするよ。帰りは将に車まで送らせるから』と言われて渋々電話を切った。

——ひどく心細い

部屋の明かりをつけたまま布団に潜る。目を閉じた——どうも寝つけそうにない。起き上がって、冷蔵庫から缶チューハイを一缶取り出す。テレビのつまらない深夜番組を見ながら、アルコールが廻るのを待った。結局、明るくなるまで眠れなかった。

将の送りが効いたのか、あれから何事もなく一週間が過ぎた。電話は相変わらず毎晩かかってくるものの、待ち伏せされることはない。

今日は将が社長のお供で接待に駆り出されていなかった。こんな日に限ってアフターもない。

——やだなぁ

瞳がコッソリ裏口から帰ろうとすると、後ろから誰かにグイッと強い力で腕を掴まれた
――軍曹だった。

「ちょっと何すんのよ！」

「何で避けるんだよっ」

「いや、離してっ！」

「いつも待っているのに、何で将君使って俺を無視するんだよ！」

「当たり前じゃない！　お客さんだから連絡もするし御飯も食べるの。一緒の店で働いちゃったら軍曹は一番下っ端のボーイじゃん。金のないあんたに興味ないし！」

「毎日一緒だね！　って言ってただろ？」

「本気にしないでよ！　お客さんだから優しく出来たの。もう電話も出ないし、外で会うこともないから……」

「俺のこと好きじゃないの？」

「大っっ嫌い！」

軍曹は般若《はんにゃ》みたいな顔になって「ちょっとこいよっ！」と指先がめり込む程の強さで瞳の左腕を掴んだ。怒りで顔を歪《ゆが》ませながら、瞳の腕をグイグイ引っ張って、どんどん人気のない暗闇に連れ込もうとする。

――襲われる！

瞳は右手の鞄で軍曹の頭を思いっ切り殴った。軍曹が一瞬怯《ひる》んだすきに、摑まれた左腕を振り払って、一目散に南銀目掛けて走った。息を切らし滑り込むように流しのタクシーに乗り込んだ。

全身が震える。鼓動が速くなる。ヴィトンのかばんがボコッと無残に変形していた。運転手に行き先を告げて事情を話し、瞳が部屋に入るまで車内から見ていてもらった。

内鍵を締め、部屋の明かりとテレビをつけて気持ちを静めた。ポットに湯を沸かし、熱い珈琲を淹れて深呼吸をした。軍曹に摑まれた左腕がいつまでもズキズキと痛んだ。

次の日の夕方に、新海から『軍曹が店を辞めた』と電話があった。瞳と口論になってから直《す》ぐに辞めると言い出したらしい。全身から力が抜けた。

――良かった
深い溜め息をついて窓を開けた。外は冷たい秋雨が降っていた。

数ヶ月ぶりに麗子から電話がかかってきた。

『来月末結婚するの。式には来てくれる？』

「うん行くよ。体調はどう？」

『悪阻も落ち着いて、最近食欲抑えるのが大変！　あれから五キロも太っちゃった』

「そう！　元気そうで安心した」

『招待状送りたいから、瞳の家の住所教えて？』

麗子に『スピーチもお願い～』とせがまれた。電話口からも幸せそうな麗子の様子が窺《うかが》える。久しぶりの麗子の声、なんだか心が穏やかになった。電話を切り、ワンピースに白い薄手のコートを羽織って、気分転換に外に出た。水色の傘をクルクル回しながら駅前の花屋に入った。

――そうだ、麗子にブーケを作ってあげよう
色鮮やかな花をゆっくりと見て歩いた。一際目を引く紫色の花――。エプロン姿の店員に尋ねた。

「これはなんて名前の花ですか？」

「松虫草《まつむしそう》です。秋の花なんですよ。どなたかに贈り物ですか？」

「ええ、綺麗な花ですね」

「松虫草の花言葉は、あまりお勧め出来ません。悲しみを秘めた花なんです」

「悲しみの花……」

瞳は花屋で小さな花瓶と二輪の松虫草を買った。

部屋に戻ってテーブルに飾った。松虫草の鮮やかな紫色が、不思議と瞳の心を安らげてくれるような気がした。


水野社長と同伴で店に出勤すると、ドアの陰から将が「こっちこっち」と手招きした。

「俺がついててやれなくてごめんな」

申し訳なさそうに謝ってきた。軍曹のことに責任を感じていたらしい。将は瞳より四歳年上なのに腰が低く、責任感が強い。

「また何かあったらすぐに連絡して」と言われ番号も交換した。

相変わらず店は盛況。瞳の人気はうなぎ登り。給料も毎月百四十万は貰えるようになった。

でも前ほど張りがない。刺激がない。新鮮味がない。最近店が手狭になってきたように思う。ウッチャンや軍曹のこともあり、少し疲れたのかもしれない。新海店長には——まだ言えない。

仕事が終わって部屋に戻り、思い切って将に電話をかけた。

「あのね、相談に乗って欲しいの」

『どうした？』

「私、エルセーヌ辞めようと思って」

『何かあったの？』

「色々あったよ。それに新しい環境で働いてみたいんだ」

『そっか、瞳がそう思うなら仕方ないな。でも店側は反対するぜ？』

「うん、どうしたらいいの？」

『まぁ〜最悪飛ぶしかないな』

「…………」

『俺も色々力になるよ！　店辞めたら飯でも食いに行こうぜ』

礼を言って電話を切った。兄のような将の存在が頼もしい。瞳はテーブルの上に頬杖をつきながら飾られた松虫草をぼーっと見つめた。

「悲しい花か……」と静かに呟いた。


次の日の出勤前、電話で新海にそれとなく辞める話をした。色々と親切にしてもらっただけに、やはり無視は出来ない。『社長に聞いといてやる〜』とあっけらかんと言われて電話が切れた。

営業が終わり、瞳が帰ろうとすると、キャッシャーで新海に呼び止められた。

「瞳〜これから社長が会いたいって！」

「これから？　随分急だね」

「社長も忙しい人だからなぁ〜、ちょっと気難しいけど根は優しい人だから」

「ふぅん。アフター入ってないから別にいいよ」

瞳は社長に一度も会ったことがない。キャバクラの社長ってどんな人だろうと想像を膨らませた。

三十分後、店に電話が入り、隣の司餡に呼び出された。

「瞳の噂は聞いているよ。頑張っているらしいな」

社長と呼ばれるその人はアイパーで、派手な柄シャツに、ヴェルサーチのベルト、右手にはギラギラした金無垢《むく》の時計をはめ、クロコダイルの黒い鞄を持っていた。

——思いっきりヤクザじゃん
新海の言葉を鵜《う》呑《の》みにしたのが間違いだった。見るからに凄みのある社長は、脅すような口調で瞳に話しかけた。

「ずっと№1なんて凄いじゃないか！　何か店に不満でもあるのかい？」

「いえ」

「じゃあ何だ？」

眩《まぶ》しそうに煙草を吸いながらフゥー……と瞳に煙を吹きかけた。思わず顔をしかめる。

「やる気が出ないんです。店でも色々あって何だかやり辛くて」

「なら系列のキャンディハウスに移ればいい」

「あそこには姫さんがいるから嫌です」

「そんなもん、俺からビシッと言ってやるよ！　瞳と仲良くしろってな」

社長は金色のデュポンのライターをカウンターに叩きつけた。

「はい」

「とにかく瞳はエルセーヌに必要なんだから！　なっ！　今度から不満があるなら直接俺に言えっ」

「はい」

「よしっ辛気臭い話はこれで終わり！　何でも好きなネタ食え！　大将、旨いとこ握ってくれやっ」

食欲はなかった。出される鮨を、無理矢理お茶で流し込んだ。暫くすると、舎弟のような社長の取り巻きがぞろぞろと店に集まってきた。

——もう耐えられない
瞳は社長に「この後、どうしても行かないといけないアフターが入ってる」と嘘をついて半ば逃げるように店を出た。

　肩から提げた鞄がやけに重く感じた。《ハァー……》溜め息をつきながらトボトボ南銀に出ると、将が煙草を吸いながら自販機の横にしゃがみ込んでいた。

「終わった？」

　煙草を踏み潰しゆっくりと瞳に近づいてくる。

「うん、もしかして待っていたの？」

「ちょっとだけなっ！　で……大丈夫だった？」

「何か……バックレるしかないみたい」

「やっぱな。とりあえずタクシーまで送るよ」

　二人で南銀を無言のまま歩いた。将は駅前でタクシーを拾い、瞳を乗せた。「ありがとう」。将はにこっと笑ってキョロキョロと周囲を気にしながら「じゃあな」と言って瞳に唇を合わせた。

「運転手さん！　浦和まで宜しくねっ」将は何事もなかったように「お疲れぇ〜」と言って平然と瞳を見送った。《バタンッ》ドアが閉まり、車が動き出した。

　ビックリしすぎて頭がパニックになった。でも不思議と嫌じゃなかった。将からの着信――。

『さっきはいきなりごめん。突然だけど明後日の日曜日会えないかな？』

「えっ？」

瞳は少し考えてから、

「いいよ」と答えた。


ベッドが軋《きし》み黒い影が覆いかぶさってくる。

「ずっと瞳とやりたかったんだっ！」

そう叫びながら、将は瞳のブラウスを破るように脱がせた。舌を絡ませて濃厚なキスをする。将が瞳の胸に嚙みついてくる。大胆に舌を這わせて愛撫する。熱く蕩《とろ》けそうな時間。

ここは岩槻《いわつき》にあるラブホテル。この界隈《かいわい》では、行列が出来るほど綺麗で有名なホテルだった。

将の大きな胸に裸のまま抱きついて眠った。人肌が温かくて気持ち良い。将はベッドのサイドボードに灰皿を置いて、おもむろに煙草に火を点けた。

「もし瞳が辞めたら俺も店辞めるよ」

「なんで？」

「堂々と付き合いたいから」

「嬉しいけど、辞めてどうするの？」

「貯《たくわ》えもあるし、昼間の会社で働くよ」

「本当？　将大好き」

瞳は満面の笑みで自分の胸に将の顔を押しつけた。

「もう一回エッチしてもいい？」

将はじゃれるように瞳をベッドに押し倒した。

月曜日の昼前に部屋に戻った。将は今日も夜から仕事のため、一旦《いったん》大宮にある店の寮に帰っていった。浮ついた気持ちのまま郵便受けを開けた。麗子から結婚式の招待状が届いていた。

——由梨子《ゆりこ》か
初めて麗子の本名を知った。不思議な関係、友達なのに知らないことが多過ぎる。

部屋に入りベッドに倒れ込んだ。仰向けのまま天井に左手を翳し、暗い瞳でじっと見つめる。ムクッと起き上がり、テーブルの上の葉書にボールペンで不参加に丸をつけた。

十一月三十日の給料日を最後に、瞳はエルセーヌをバックレた。将も同じ日に店を辞めた。新海にだけは事前に大まかな事情を伝えていた。新海は決して瞳を責めなかった。

ただ、浮かない顔で、
「将には気をつけろ」と言った。
瞳は新海の言葉の意味がよくわからなかった。

第二章　事件

孤独な女王

《十二月二十日（大安吉日）
私達結婚しました
瞳、元気で頑張っていますか？　負けず嫌いな瞳だから、色々と無理してないか心配です。
私はお腹が随分大きくなりました。智《とも》が休みの日にパチンコばっかり行っていてたまに喧嘩するけど、まぁ何とか仲良くやっています。来年の一月二十日が予定日です。子供が生まれたら赤ちゃん見にきてね。埼玉県深谷市〇〇町二―二十一若杉ハイツ三〇三号室　野波智《のなみとも》也《や》　由梨子（旧姓　深津《ふかつ》）》

十二月二十五日――

アパートの郵便受けに麗子から葉書が届いた。まばゆいばかりの純白のドレスを身に纏《まと》った美しい麗子と、タキシード姿が凜々《りり》しい彼とで仲良くケーキカットしている写真が一枚、二人で肩を寄せ合いながら幸せいっぱいに微笑んでいる写真が一枚印刷されていた。

瞳はそれを遠い目で見つめながら静かにテーブルの上に置いた。溜め息をつき、珈琲の入ったマグカップをそっと口にした。左手の腕時計に目をやる――針は午後七時三十分を指していた。

「やばいっ、もう行かなきゃ！」

慌てて温めていたアイロンを手に取り、慣れた手つきで髪をストレートに整えていく。夏場はショートだった瞳の髪も、肩につくくらいまで伸びていた。ここ数ヶ月は忙しくて中々美容院にも行っていない。

十二月の頭から、将に紹介してもらったスカウトマンのツテでエルセーヌからほど近いビルの三階にあるルージュというキャバクラで働いている。二十畳ほどのオフホワイトの店内に、小さいながらも水槽があり、エンジェルフィッシュやカクレクマノミが可愛らしく泳いでいる。カラオケも完備されていて明るくて清潔感のある店だ。

面接で決まった保証時給はこの地域では破格の八千八百円。瞳がどんなに客を呼べなくても、それ以下に下がることはない。ルージュからエルセーヌまでの距離と、瞳がエルセーヌを辞めてすぐ移籍することで、No.1の瞳の客をそのまま店に呼べるであろう――それを見越した松沢《まつざわ》店長の判断だった。瞳は快諾して、面接日の翌日からルージュの瞳として働いている。

入店初日から、瞳はエルセーヌから連れて来た太客をバンバン店に呼び込んで、周囲の者を圧倒した。僅か二週間で断トツの売上と指名数を築き上げている。

《グゥーグゥー……》将はまだベッドで寝ているらしい。

「将起きてぇ、そろそろ支度しなきゃ！」

「……あと二十分」

将の寝起きの悪さと鼾《いびき》の煩さは、ここ一ヶ月の付き合いで大分わかってきた。

「駄目〜早くっ！　今日は九時に団体のお客さん入っちゃうんだから支度して」

ベッドの毛布を勢いよくはいだ。

「ふぁ〜……ねみ」

寝ぼけ眼の将を引っ張り起こして、マグカップにたっぷりと熱いココアを注ぐ。将はココアが好きなんだ。

「はい！　これ飲んで目を覚まして」

ボサボサ頭の将は大きな欠伸をしながら大事そうにココアを飲んだ。

「うめっ……あれっ？　麗子結婚したんだ」

テーブルの上の葉書をマジマジと見つめながら、驚いた表情で瞳に訊いた。

「そうだよ」

「へぇ〜今度一緒に遊び行こうぜ」

「えぇ～将とぉ？　麗子の胎教に悪いよ」

「お前知らないけど、俺キャストから結構告《コク》られたんだぜ？　エルセーヌ時代は新人にモテモテだったんだから」

「へぇ～そうだったんだ！　凄いじゃん。将と付き合って皆に反感買っちゃったね！」

「まぁ俺のファンは多いよな～」

すぐに調子に乗るんだから。

「もうっ！　遅刻しちゃうから、早く支度してよ！」

今度は強い口調で言い放った。将はクローゼットの中から厚手のコートとジーパンを選び、
瞳は充電器から携帯を外し、今夜来店予定になっている団体客のボス・林《はやし》社長にメールを入れた。続いて松沢に電話をかけ、林社長の席でフルーツの盛り合わせとモエシャン（モエ・エ・シャンドン）をサービスするように頼んだ。部下の手前、林社長の格好がつくようにとの瞳の心遣いだった。

瞳がルージュに移ってから二週間で新しく四人の客がついた。

一人は外資系会社を経営する三十代前半の林社長、一人は二十六歳で航空自衛隊員の賢一《けんいち》（通称賢ちゃん）、一人は三十一歳でプロのオートレーサー茂雄《しげお》（通称茂ちゃん）、最後の一

人は三十四歳でカラオケ好きの車屋、章吾《しょうご》（通称章ちゃん）の四人だ。

瞳はエルセーヌ同様ルージュでも女王様だった。一緒にエルセーヌを辞めた将は、今のところ無職だった。将は週の半分はこうして瞳の部屋に寝泊まりする。将がエルセーヌの寮を出て、所沢の実家に戻ったために、会う場所はたいてい瞳のアパートかラブホテルだった。無職なので当然収入のない将だけど「知り合いに貸していた金を返して貰ってきた」と言ってちょくちょく金を工面してくる。デート代や飲食代、ラブホ代など決して瞳に金を出させるようなことはなかった。

将はいつもそうやって不思議とお金を持っていた。瞳の知らないお金を持っていた。

「いらっしゃいませ〜、瞳さん同伴一名様ご来店です」

将はいつものように水槽の横のボックス席に座り、ボーイから手渡されたおしぼりで顔を拭《ふ》きながら、「早く着替えてこいよ」とにこやかに瞳を見送った。将は瞳がルージュに移ってからというもの、花沢社長や水野社長といったよっぽど大切な同伴が入らない限り、必ず瞳と同伴した。

本人曰く――独占欲が強く人一倍心配性な性格らしい。最初は自分の中で多少の葛藤《かっとう》があった。

瞳は彼氏を毎日同伴させることに負い目があった。それでなくとも将は無職だし、デート代やら生活費など全ての金を出してもらっていたから、客の延長みたいで可哀想だった。

あいつは毎日楽に仕事が出来て、その上瞳の売上も伸びて喜んでいた。都合のいい便利な男——罪悪感などまるでなかった。将は不思議と金を持っていた。相手が瞳に夢中なんだから、遣うだけ遣わせて得しよう——自分のメリットしか考えなかった。どちらも自分自身だったけど、結果的にいつもあいつが実権を握る。最近、自分本来の人格はすっかり鳴りを潜め、だんだんとあいつに支配されることが多くなった。たまに自分が誰だかわからなくなる。

瞳は黒いスーツに着替えながらさりげなく更衣室を見回した。

あの人はまだ出勤してないらしい。唯一、瞳に挨拶してくれる人。唯一、瞳を無視しない人。胡桃は今日出勤するのだろうか。瞳は接客中でも自然と目で追ってしまうほどに胡桃の存在を意識していた。

瞳はルージュに移籍してからというもの、前ほどのあからさまな苛めはなかったけれど、誰からも話しかけられず、目も合わせられず、完全に店の中で孤立していた。店の経営に携わる店長やボーイは別として、誰も新しい№1を歓迎したりはしなかった。初日から女王のように振る舞う瞳は、周りに敵を作りやすいタイプなのだ。唯一、瞳に話しかけてきた人が胡桃だった。

「瞳って、さっき来ていた熊みたいな人と付き合っているの？」

先週の土曜日、たまたま帰りのエレベーターが一緒になり胡桃に話しかけられた。

——将のことだ
「は、はい」

「そうなんだぁ〜仲良さそうで羨《うらや》ましいな！　私の彼氏はハワイに留学しているの」

「へぇ〜学生ですか？」

「そう二十歳。八コも離れていて犯罪だよね」

胡桃は舌を出して照れ笑いをした。

「胡桃さんて二十八歳なんですか⁉」

「そう！　知らなかった？　瞳はまだ十代でしょ？　いいなぁ〜若くて」

とても二十八歳には見えなかった。金髪の巻き髪にラメメイク、短いスカートに厚底サンダルをカポカポ鳴らして歩く胡桃がそんなに年上だったとは——。

「胡桃さんてギャルっぽいから瞳の二、三歳上くらいかな？　って思ってました」

「マジで〜？　ありがとう。私若作り上手いからね」

不思議。みんな瞳を無視するのに、何でこの人は話しかけてくるの？　突然入ってきた新人にNo.1の座を奪われて、誰より胡桃が一番悔しいはずなのに――。

「あぁ早く彼氏に会いたいなぁ。んじゃ、これからケイとカラオケ行くから！　瞳、お疲れ様ぁ」

エレベーターを降り、胡桃は下で待っていた同じ店で親友のケイと共に夜の街に消えていった。

その日から胡桃はちょくちょく瞳に話しかけてくれた。いつも彼氏のことや美味しいお菓子の話など他愛のない雑談だった。瞳はその雑談がとても楽しみだった。胡桃以外で瞳に話しかけてくる人などいなかったから。

「おはよう、同伴早いんだね」

私服姿の胡桃が後ろから声をかけてきた。

「あっ、おはようございます」

「今日も熊さん来ているね」

「はい、同伴してもらいました」

「いいなぁラブ×2じゃん」

「瞳ちゃーん、もう二十分経過～！　林さんの団体も入ったから今現状三卓ねっ！」

ホールから松沢店長が待ちくたびれた様子で声をかけてきた。

「はぁーい！　今行く〜」

ロッカーに着替えと荷物をぶち込んで、ビーズの刺繍《ししゅう》が入った小さなプラダのバッグを取り出した。中には『ルージュ　No.1　瞳』と印刷されたシャンパンピンクの名刺、カルティエのボールペン、ライター、ハンカチ、香水の小瓶、リップグロスが入っている。キャバクラ嬢のポーチの中身は大抵こんなものだ。

「じゃ、行ってきます」

瞳は胡桃に軽く会釈して、バッグを片手に颯爽とホールに出た。

まだ夜九時過ぎだというのに、店内はほぼ満卓《まんたく》状態だった。

「将ごめ〜ん、先に団体ついちゃうからちょっと待ってて」

瞳はヘルプと談笑する将に形だけの挨拶をして、林社長の席についた。

「瞳〜やっとついたな！　この子が俺のお気に入り！　可愛いだろ？　お前等絶対に触るんじゃないぞ！」

林は一軒目の店で大分飲んできたらしく、すでに出来上がっていた。

「こちら、お店からになります」

松沢がサービスのフルーツとシャンパンを差し出してきた。

「おぉ〜こんなに気を遣わなくてもいいのに。悪いなぁ……やっぱりお前はいい女だ！　一度くらい抱かせろよ」

「林さんのマイレージポイント貯まったらね」

「まだ通い足りねぇか」

林は腰に手を回してきた。瞳は満更でもないような素振りをする。花沢と比べたらこんなお触りなどどうってことない。向かいの将は面白くなさそうな顔でこちらの様子をチラチラ気にしている。

——帰ったらエッチすればいいや
瞳はさほど将の目を気にしない。席が重なっている時はいつも放置プレーだった。

その日は他にカラオケ好きの章ちゃんが来た。ルージュのカラオケは有料で、一枚二千円のチケットを買う。四つ折りになっていて一曲五百円という計算だ。ルージュではカラオケが有料な分、章ちゃんや花沢社長を始め、カラオケ好きな指名客を持つ瞳にとっては都合が良かった。

下手の横好き——とはよく言ったものだ。とびきり音痴な章ちゃんの喉は絶好調で、刺さるような周りの視線をものともせず『愛が生まれた日』などのデュエットを含めて計十二曲も唄い続けた。

営業が終わり、ラストまでいた将を近くのバーで待たせて更衣室で着替えをした。

何気なく壁に張り出されている成績グラフに目を向ける。瞳は二週間で№2の胡桃に倍のポイント差をつけていた。

——よし！

やはりぶっちぎりは気持ちが良い。仕事にも一層気合いが入るというものだ。

鞄の中の携帯を見ると一件の留守電有り。身支度しながら再生ボタンを押した。

『……もしもし、大輔《だいすけ》だけど。絵里香元気？　あのさ、直接会って話したいから連絡くれる？』

電話口の向こうから懐かしい声がした。封印していたあの日の悪夢が走馬灯のように甦った。

蒼白い天井

白々とした蛍光灯に照らされた雪のように白くて冷たい天井。

決して思い出すまいと暗い闇の中に葬り去った記憶。

そう——あれは去年の十二月のちょうど今頃。チラチラと雪の舞い散る寒い夜だった。

《ハァーッ》感覚のなくなりかけた両手をこすり合わせて白い息をはいた。絵里香の指先は悴《かじか》み、先端は真っ赤に染まっている。こんな日こそお母さんの言う通り手袋をはめてくればよかった。どんより薄暗い空模様。それにしても、もう昼過ぎだというのに底冷えする寒さだ。

ベージュ色のバーバリーのマフラーに顔を半分埋めながら、絵里香は校門の前でもう四十分もこうして寒さに耐えている。突然野球部の顧問に呼び出された彼氏の大輔を待っているところだった。

「お・待・た・せ～！　絵里香ごめんな」

大輔が笑いながらヨロヨロと自転車を押してやってきた。

「遅い～！　もう耳まで冷たくなっちゃった」

頬をぷっくり膨らませ大輔の胸を軽くパンチした。

「いやぁ～監督の説教長い長いっ！　参ったぜ……おぅ絵里香乗れよっ」

大輔はステップ（ハブ）をつけた自転車の後部を顎でしゃくった。

「今日は大輔の奢《おご》りねっ」

絵里香はひらりと大輔の肩を摑んで後ろに立ち乗りした。

「ふぁ〜い了解」

大輔は後ろに絵里香を乗せているとは思えないほどのスピードで自転車を漕《こ》ぎながら、新《しん》越谷《こしがや》駅へ向かった。大輔の背中にしがみついた。寒風にさらされて冷たくなった体が人肌に触れてじんわり温まる。

フンワリ香る大輔の香水——大輔と付き合い出してから、絵里香はこのカルバン・クラインの匂いが好きになった。大輔が飛ばしたお陰で、ものの五分ほどで新越谷駅前の喫茶店に着いた。店員にドーナツ三つとココアを二つ注文する。

「あぁ〜やっと手が復活してきた」

絵里香の芯まで冷え切った体に熱いココアを流し込む。今日みたいな寒い日は、ココアの優しい甘さと温かさが何よりのご馳走だ。

「そういや今夜雪降るって母ちゃん言っていたなぁ〜」

そう呟いて大輔はドーナツを口に頬張った。

高校三年生の絵里香とクラスメートの大輔が付き合い始めてから、もう半年が過ぎた。

「俺と付き合ってよ」

放課後の教室——突然大輔に呼び出され、ストレートに告白された。

オールバックで、色黒で、口ヒゲを生やしたワイルドな大輔は、クラスの人気者だった。

絵里香も何となく大輔が気になっていたから、意外とあっさりOKした。学校が終わると、大輔がキャプテンを務める野球部の部活動があるため、部活がなく、早く帰れる土曜日はこうして一緒に帰りそのままデートをした。

「絵里香ぁ～便所いこうぜ！」

さぁーお腹も膨れ、体も温まったというところで、大輔がニヤニヤしながら絵里香を見た。

「えぇ～ヤバイよ」

「いいじゃん！　空いてる今がチャンス」

大輔は絵里香の手を繋ぎ、二人分のサブバッグを持って、イソイソとトイレに入った。

「声出すなよ」

「あんまり自信ない……」

二人は小声で会話を交わすと、お互いの服を脱がせあった。興奮気味の大輔の手で、スカートの中のショーツが下ろされる。「ん……」ドーナツ味の甘いキス。頭の中がとろけてくる。

「駄目だっ！　俺もう我慢出来ねぇ」

絵里香は壁に両手をついた。大輔は後ろから動物のように覆い被さってきた。狭苦しいトイレの中で激しく動く二つの影。

「あぁ〜もう駄目だ」

「あ、ちょっと待って！」

大輔がゆっくりと離れ、絵里香の太股に白濁した液がジワリと垂れた。大輔とのエッチはいつも生。ゴムを付けるとこすれて痛いし、お互いに気持ち良くないからだ。中出しはこれで三回目。初めは子供が出来たらって冷や冷やしたけれど、結局いつも少し遅れて生理がきた。案外平気なものだった。

「もう！　外で出してっていつも言ってるじゃん！」

「マジごめん、じゃ〜ラブホでは中出し禁止な」

大輔は全く悪びれた様子もなく、スッキリとした顔でそう言った。二人は人目を避けるようにこっそりとトイレから出て、駐輪場に自転車を置いたまま、目と鼻の先にある行きつけのカラオケボックスに入った。流行りの歌を唄いながら、サワーをガンガン飲み交わし、そこで三時間ほど時間をつぶした。

「そろそろ出よっか！」

いつの間にか窓の外はとっぷりと日が落ち、部屋の時計は午後九時三十分を指している。

通りに出ると雪がチラチラと降り始めていた。どうりで寒いはずだ。絵里香は大輔にしがみつくように自分の腕を絡ませながら、隣のコンビニへ行き、飲み物やスナック菓子、インスタントラーメンなどを大量に買い込んだ。

　夜の十時～昼間の十二時まではラブホテルの宿泊タイム――。二人は新越谷駅前にある最近出来たばかりのL&Rというラブホテルに入った。二人で仲良く宿泊代一万二千円を出し合った。

　週に一度、土日は吉川《よしかわ》市にある大輔の実家か、この界隈のラブホテルに泊まるのが習慣になっていた。大輔はいつでも絵里香とやりたがった。誰もいない放課後の教室、体育館、公園のトイレ、デパートのエレベーターの中、土手で青カンなんてスリルがあって興奮した。猿みたいに盛んだった。エッチが楽しくて仕方なかった。この日も部屋に入るなりベッドに倒れ込み、八回やってそのうちの一回は中出しをした。ちょっぴり心配だけど、毎回生理はきていたし……。

――きっと絵里香は普通より妊娠しにくい体質なんだ
　そんな根拠のない自信があった。

《フゥーッ》ベッドのサイドボードに灰皿を置き、いつものように煙草をふかす。大輔はエッチし終えると必ず一服するんだ。当たり前に煙草を吸うし、高校生にしては酒もそこそこに強い。それに身体も鍛えていて、エッチが終わると、絵里香をヒョイとお姫様抱っこしてお風呂に入れてくれる。そんな大人っぽくて優しい大輔が大好きだった。

一月に入り、いよいよ大学受験本番のシーズンを迎えた。絵里香は早々にジュエリーの専門学校への入学が決まっていたため、東都大学の受験を控えた大輔とはすれ違いの生活を送っていた。たまに絵里香が吉川市まで出向き、朝焼いたパンを差し入れしてせいぜい近くでお茶をするくらいで、二人の時間はあまりなかった。絵里香はひたすら近所のカレー屋のバイトに明け暮れる毎日だった。

バイトを終えて自宅に戻り、そのままベッドに倒れこんだ。

最近どうも身体が怠《だる》い。微熱が続く。胸が張るのに生理は一週間以上遅れている。こういう症状をテレビで見たことがある。

――まさか

悪い予感が頭をよぎる。何だか怖い。誰かに相談したい。受験生の大輔に電話するのはちょっぴり気が引けた。美容系の専門学校に入学が決まっている親友の亜子《あこ》に電話してみた。

『それって妊娠じゃない？』

「まさかぁ～今までだって出来なかったもん！」

『薬局行って検査薬買っていこうか？』

「そんなこと言われると不安になる……」

『だって絵里香マジで出来ていたらヤバイって！　今から絵里香の家に行ってあげるよ』

一時間後、亜子が本当に妊娠検査薬を買ってやってきた。一袋に二本入っていて的中率が九十八パーセント。ほぼ確実というわけで。不安が募る。隣に亜子がいてくれて心強かった。

絵里香は一人トイレに籠《こも》って検査結果を待った。亜子が目を丸くして呟いた。

「これって、そうだよね？」

「……うそっ⁉」

検査薬にくっきりとした縦線が浮かび上がった。九十八パーセントの確率で、絵里香は大輔の子供を妊娠していた。


それから二日後の登校日。受験シーズンは学校が半日で部活もなく、大輔に話があると伝えて一緒に吉川市の実家まで帰った。久しぶりにエッチした後、大輔に妊娠したらしい事実を伝えた。大輔は困惑し、暫くの間黙っていた。そして血の気のない顔で、「明日病院行こう」と言った。

その日、二人はろくに会話もしないでピザの出前をとり、無言のままテレビを見た。重苦しい雰囲気で思わず涙が出そうになった。絵里香は置きっぱなしにしてある自分のトレーナーに着替えて、大輔の布団に横になった。結局一睡もできなかった。

次の日の早朝、二人で大輔の実家から近い比較的大きな産婦人科に行った。女性ばかりで混み合う待合室――誰かに見られているような気がしてそわそわと落ち着かない。

「中田さーん」ピンク色の服を着た看護師に絵里香の名前が呼ばれた。

診察台に乗せられ、お腹に機械を入れた。医者が画像を確認する。

「もう三ヶ月になりますね」

画面に写った豆粒みたいな命。けれど確かに絵里香の中で生きていた。

「産むかおろすか、二人で御両親ともよく話し合って決めなさい」

帰りの受付で診察代を支払い、人工中絶の同意書を手渡された。

トボトボと帰りの駅に向かう道中、突然大輔から「おろして」と言われた。

「金は俺が何とかするから！　早めに手術してもらおう」

肩がガックリと落ちた。絵里香は冗談でも「産もう」って大輔に言ってほしかった。今の二人の若さと状況を考えると無理な話なのはわかっていたけど。全て棄《す》て去ってもいいくらい大輔のことが好きだったから。

「うん」

絵里香は小さく頷いた。頷くしかなかった。

「じゃあな」

絵里香を吉川駅まで見送ると、大輔はとりつく島もなくさっさと帰ってしまった。絵里香は実家に帰ってから泣き崩れた。親にも言えない。知っているのは亜子と大輔の二人だけ。酷く孤独だった。好きな人の子供をおろしたくなかった。だけど一人で育てる勇気もなかった。

次の日、絵里香は病院に連絡を取り一週間後に手術することが決まった。大輔は中絶費用を、日払いして貰える引越し屋のバイトをして稼いだ。

手術当日、早朝に吉川駅近くのファストフード店で待ち合わせをして、二人で同意書にサインをした。未成年のため、親の筆跡を真似て書いた。大輔の自転車で病院に送ってもらい、無言のまま中絶費用の入ったヴィトンの財布を渡された。

病院は不自然過ぎるほど事務的に動いていた。

「はい中田さん、中絶費用と同意書をお願いします」

絵里香は大輔の財布から十万円を抜き取り、二人の名前とハンコをついた同意書を手渡した。

「じゃ、もうちょっとおかけになってお待ち下さい」

絵里香は横のレモン色のソファに腰をかけ、ハァ……と深い溜め息をついた。

「じゃ、中へどうぞ」

　ほどなくして看護師に準備室へ案内された。中はベージュのカーテンで仕切られたベッドが六つほど置かれていた。きっと絵里香と同じ手術をするのであろう、何人かの女性が横たわっている。

「じゃ、それに着替えといて下さい」

　絵里香はベッドの上に置かれた薄ピンクの寝巻のような服に着替えた。私服と荷物を横の籠《かご》に入れて、ゆっくりとベッドに仰向けになった。

　二十分ほど経過して――

「これから先生がお腹に機械入れますから」

　そう言われて担当の看護師に別室へと案内された。絵里香の前には数脚の椅子が並んでいて、先に三人の女性が座っていた。さっき一緒の部屋で寝ていた女性に違いない。中絶手術をするのに順番待ちなんて、流れ作業のようで酷く冷たい感じがした。

　診察室に入ると、簡易ベッドに乗せられて、お腹によくわからない機械を入れられた。手術をスムーズに行うための措置らしい。「これ飲んで」と医者から手渡された白い錠剤と水を飲んだ。昨日の夜九時から飲まず食わずの状態だったから、カラカラな喉が少し潤った。

　ズシンッと生理痛を重くしたような痛み。絵里香はヨチヨチとベッドに戻り、鈍痛に耐えながら、ぼーっと蒼白い天井を見ていた。お腹を触り、まだ絵里香の中で生きている命を想った。このまま逃げ出してしまおうか——一人でも好きな人の子供を育てられないものか——絵里香は自分自身と葛藤した。

「時間ですから、こちらへ……」さっきと同じ看護師に勢い良くカーテンを開けられた。

足元がフラフラと覚束ない——どうやら薬が効いているようだ。絵里香は看護師に手を引かれながら、「手術室」と緑色に表示された部屋へと通された。流石に待ち人はいないらしい。中央の手術台に寝かされ、看護師が絵里香の腕に点滴を打った。

「今から麻酔をかけますから、一緒に数を数えましょう」

耳元から聞こえる医者の言葉。ぼーっとする頭で小さく頷いた。

《チクッ》絵里香の腕に細い注射針が刺さった。

「一」「いち」「二」「にぃ」「三」「さん」「四」「よん」「五」「ご……ぉ」「六」「……」

——そして絵里香は深い闇に堕ちる夢を見た

落とし穴

「…………」

誰かの話し声がする

「あの女優離婚したんじゃないの？」

お腹が――凄く痛い――ナイフで中を掻《か》き回されてるみたい

「先生知らないんですか」

瞼《まぶた》が開かない――誰か気づいて

「そりゃ傑作だ！」

涙は出るのに声が出ない――痛い痛い――お願い誰か助けて

「……せ……んせ」

「あらやだ、麻酔が切れてるわ！」

「い……た……」

「ありゃ、起きちゃったの？　しょうがないなー」

あまりの激痛で遠ざかる意識の中、医者と看護師達の冷たい笑い声を聞いた。

どのくらい意識を失っていたんだろう――。

眩しい光の中でゆっくりと目を開けた。蛍光灯に照らされた蒼白い天井。絵里香はいつの間にか、さっきいたベッドに寝かされていた。気がつくと枕がびっしょり濡れていた。涙だった。

子供をおろしてしまった罪悪感、手術中に味わった想像を絶する痛みと恐怖。適当な言葉が思い浮かばない、とにかく恐ろしかった。助けてほしいのに誰も気づいてくれなかった。好きな人との子供をおろしてしまったからきっと罰があたったのだ。蒼白い天井がそんな絵里香を嘲笑《あざわら》っているように見えた。

絵里香はまだ完全に麻酔が抜けきってない重い身体を起こした。グルグル廻る視界——ヨロめきながら着替えをした。きっと大輔が心配している。早く着替えて元気な顔を見せなくちゃ。

鞄の中の携帯を探した。

「あれ?」

携帯はある。絵里香の財布もある。それなのに一緒に入れてあったはずの大輔の財布が見当たらない。麻酔で朦朧《もうろう》とする頭をフル回転させながら、もう一度鞄の中をひっくり返した。床にはいつくばってベッドの下や籠の中、ごみ箱、手当たり次第に探した。

——やっぱりない

大輔の財布の中には二万円と小銭が少し、レンタルビデオ店の会員カードなどが入っていた。絵里香はフラフラしながら廊下を通りすがった看護師を呼びとめた。

「まあっ中田さんもう起きちゃったの？」

「あの……財布がなくなっているんです」

「はぁ〜財布？　どこに置いてあったんですか？」

「どこって……鞄ですけど」

「ちゃんと探したの？　仮になくなっていても自己責任ですから、うちとは関係ないですよ」

「手術中に盗まれたかもしれないんですよ？」

「ですから、そんな貴重品持ってきたあなたが悪いでしょ？」

「だけど中絶費用だってあるし、普通みんな財布くらい持ってくるじゃないですか！」

「とにかく、うちにはそんな手癖の悪いものはおりませんから！」

看護師はそう言い放ち、さっさと何処《どこ》か へ行ってしまった。麻酔のせいで、絵里香は思うように頭が廻らなかった。中絶するだけでも胸がつまるほど苦しいのに、手術中に麻酔が切れて、おまけに大輔の財布まで盗まれるなんて——最悪だ。

「……どうしよう」

絵里香は震える手で、大輔に電話をかけた。

三十分後——大輔は自転車に乗って迎えに来た。会ってから詳しく財布がなくなった経緯《いきさつ》を話した。

「はぁ？　ちゃんと探したのかよ！」

大輔は絵里香を睨《にら》みつけた。

「ごめんなさい！　手術中に盗まれたみたいなの。何度探しても見つからなくて……」

絵里香は泣きながら謝った。

「マジ超〜最悪っ！」

大輔は吐き捨てるように言い放った。何ともいえない険悪な雰囲気のまま、二人は自転車で吉川駅に向かった。道の凸凹がお腹に響いて痛かった。絵里香は遠慮がちに大輔の背中につかまりながら、声を殺して泣いていた。

吉川駅に着くと、大輔はそっけなく「じゃあね」と言い、くるりと踵《きびす》を返して帰ってしまった。

帰りの電車に揺られながら、絵里香は大輔にメールを打った。

『盗まれた財布は弁償するね……本当にごめんなさい』

それからバイト先のカレー屋に電話をして、明日から暫くの間、毎日七時間のシフトを組んだ。絵里香には貯金がない。大輔とのホテル代や、流行りに乗り遅れないように買った洋服やバッグ、友達との交際費——学生は学生なりに金がかかった。毎月の少ないバイト代はすぐに使い果たした。

片手に携帯を持ったまま、窓から流れる景色を眺めながら涙を流した。いくら待っても大輔からの返信はこなかった。

春日部の実家に戻り、直ぐさまベッドに横になった。酷くお腹が痛い。病院でもらった薬を飲んだ。三、四日は出血があるから安静にと医者から注意されていた。

「絵里香、御飯よ～」

下で多栄子の呼ぶ声が聞こえる。

「…………」

《ガチャッ》ドアが開き、多栄子が部屋に入ってきた。

「絵里香～御飯だって言ってるでしょ!?」

「……眠いから要らない」

「もう～しょうがないわね！　せっかく作ったのに勿体《もったい》ない……」

絵里香はそのまま何も食べず、丸一日寝て過ごした。

《ピピピピピッ……》携帯のアラームで目が覚めた。身体が怠い。けれど休む暇がない。

――お財布代稼がなきゃ
空腹のはずなのに食欲はなかった。考えたら一昨日の夜から何も食べていない。絵里香はキッチンで牛乳をコップ一杯だけ飲んだ。ラフな服装に着替えて、重い身体を引きずりながら、カレー屋のバイトに行った。具合は最悪。カレーの匂いがこんなにも人を不快にさせるものだとは知らなかった。


大輔とはそれ以来すれ違いの生活をしていた。受験生だから仕方ないと自分に言い聞かせて、絵里香はひたすらバイトに明け暮れた。週に何回かメールをする程度の関係が続いた。

二月に入り大輔から『東都大学に受かったぜぃ！』と連絡があった。

「本当に!?　良かったぁ〜おめでとう」

久しぶりに嬉しいニュース——絵里香は自分のことのように喜んだ。

「いつ会えるの？」

『今日は皆でパァーッと飲むから、明日は？』

「あっ！　ごめん、私バイト入ってる……」

『なんだよ！　またバイトかよ？』

「ごめんね！　私も大輔に会いたいよ」

『どうだか……』

「そんな寂しいこと言わないで。ねぇ、来月卒業式の日は会える？」

『さぁーね』

「絶対空けて！　渡したいものがあるから」

『微妙～』

「ねっ約束！」

声を弾ませて電話を切った。久しぶりの大輔との会話が嬉しかった。来週の頭には給料が入る。そしたら日比谷線で銀座に行ってルイ・ヴィトンであの財布を買おう。早く大輔の喜ぶ顔が見たかった。

三月中旬――越川《こしかわ》高校卒業式の日
クラスの皆で、記念品を片手に写真撮影しながら各々で別れを惜しんだ。帰り際、大輔にバイト代を叩《はた》いて買ったヴィトンの財布を手渡した。

「あぁ～ありがとう」

簡単に礼を言われて無造作に鞄の中にしまわれた。

久しぶりに二人でラブホに行った。エッチが終わってベッドでぼんやりと寛《くつろ》いでいる時、不意に大輔の携帯が鳴った。大輔は慌てて「あっ！　やべ～母ちゃんだ」と言って絵里香から離れ、遠くでこそこそと電話をしていた。絵里香はその電話が妙に気になった。でも大輔の「母ちゃん」という言葉を信じたいと思った。

四月初旬——

絵里香がバイトの最中に、いきなり大輔から別れのメールが届いた。

『このままだとお互いが傷つくから別れたい』

どうゆう意味かわからなくて、店長に断って奥の更衣室で電話をかけた。何度か居留守を使われた後、大輔が渋々電話に出た。

「メールの意味がわからないんだけど、私が何かした？」

『お前が妊娠したのって本当に俺の子供なの？　財布も実際のところお前が盗ったんじゃねーの？　元彼《もとかの》に相談したらそう言われたよ』

大輔は責め立てるような口調で言い放った。

絵里香にとって大輔が初体験の相手だった。大輔の言葉を聞いて、絵里香は暫くの間呆気《あっけ》にとられてしまった。

「何言っているの？　私が浮気したり、あの状況で大輔の財布を盗む訳がないじゃない！どんな言いがかり？」

『どうだか？　元彼の方が付き合い長かったし信用しているよ。お前と付き合っている間も色々悩みとか相談にのってくれてたしさ』

最近のすれ違いの多さとラブホでの電話――悪い予感が的中した。

「……いつから浮気していたの？」

悔しくて声を震わせながら言った。二人の間に重く長い沈黙が流れた。

『お前のこと最近よくわかんなくて。前から元彼により戻してって告《コク》られてたし、相談がてら、たまに会ってた』

瞬間湯沸かし器のように、腹の底からフツフツと怒りが込み上げてきた。

「浮気者っ！　あんた最低！」

『お前が訳わかんないことしたんだろ？　だいたい手作りの差し入れとかちょっと重かったんだよね！　子供も俺の子なのか微妙だし、バイトばっかりで最近俺たちすれ違いだしさ。まぁ、今まで楽しかったよ！　俺も適当にやるから、じゃ、元気でな』

「ちょっと――」

《プーップーッ》

一方的に電話を切られた。すぐにかけ直したけど電源を切られてしまっていた。絵里香は携帯を握ったまま愕然《がくぜん》とその場に立ちつくした。身体に無理して必死にバイトして馬鹿みたいだ！　私を疑うなんて――浮気するなんて――元彼の話を鵜呑みにするなんて――怒りで気が狂いそうだった。

信じていた愛なんてこんなものか。結局絵里香に残ったものは中絶して傷ついた体と心。もう誰も信じない。男なんか皆いなくなればいい。お金に振り回されるのも真っ平。皆嫌い。医者も、看護師も、大輔も、嘘つきな元彼も、皆絵里香を嗤っている。皆で絵里香を傷つける——。

絵里香は腰が抜けるようにその場に崩れ落ちた。人目を憚《はばか》らずに号泣した。店長が気を遣って絵里香を一人きりにしてくれた。

大輔を信じきっていた愚かな自分を憎悪した。

——復讐してやる
絵里香は心の底からもう二度と誰も愛さないと誓った。


《プルルル……》将からの着信——。

瞳はスーツ姿のまま荷物を持って外に出た。南銀は、あの日の夜を思わせるほどに冷え込んでいた。一時間以上待たされた将は、苛々しながらバーカウンターで酒を呷《あお》っていた。

「客と会っていたのか⁉　携帯鳴らしても出ねぇーし！　本当に何やってたんだよ」

いい、あいつがいった。

【男はみんな一緒だよ】

そう――忘れていた訳ではない。けれど何か縋るものが欲しかった。

「ごめんね！　酔っていきなり気持ち悪くなっちゃって、ずっとトイレに閉じこもっていたの」

嘘をついて将に抱きついた。

そう――忘れていた訳ではない。ただ将は違うと信じたい。

二人は瞳の部屋に帰り、体を重ねて仲良く寝た。

――またあの夢

真っ暗闇に堕ちる夢

私だけが堕ちる夢

最近闇がどんどん深くなる

朝目覚めると、将が珍しく黒いスーツを着て身支度をしていた。

「あれ……何処に行くの？」

「今日は親戚の結婚式があるからもう行くよ！　まだ早いから瞳は寝てろ」

将は瞳のおでこにキスをして、慌ただしく部屋を出ていった。瞳はベッドから起き上がり、熱い珈琲を淹れた。飲みながらぼーっと昨日の留守番電話のことを考えていた。

今夜は将が結婚式でいないため、久しぶりに花沢社長と同伴した。

「いらっしゃいませー！　瞳さんご一緒一名様ぁ～」

店内に入ると、胡桃の甘い歌声が聴こえてきた。ダイアナ・ロスの『イフ　ウィー　ホールド　オン　トゥギャザー』、胡桃がよく唄う曲だった。聴いていると不思議と切ない気持ちになる。胡桃は他にドリカムの『LAT・43°N』が好きでいつも気持ち良さそうに唄っていた。瞳はちょっと鼻についた胡桃の歌声が大好きで、いつも耳を澄ませて聴いていた。

更衣室に入ると携帯が鳴った――。見覚えのある電話番号だった。ボタンを押す。

「はい」

『もしもし？　絵里香？　大輔だけど……会えないかな！　話したいことがあるんだ』

「絵里香はいないよ。もう二度と電話しないで」

そう言って電話を切った。また大輔からの着信が鳴った。携帯を操作して着信拒否に設定した。心地良い優越感が瞳を襲った。

【もう昔の私じゃない】

その日の営業終了後――店のボーイに妙なことを訊かれた。

「将君に百万円貸している人がいて、本人と連絡つかなくて困っているんです。瞳さん何か知りませんか？」

「知らないよ？　将が皆にお金貸しているのは聞いたけど。何かの間違いじゃない？」

はてさて、瞳には何のことだかさっぱり訳がわからなかった。

そうは言ったものの、瞳はその話がやけに気になって、新海店長に久しぶりに電話をかけた。新海はエルセーヌを辞めて春日部市にあるチップスという大箱キャバクラで副店長をしていた。

『実は俺も将に金を貸しているんだ』

頭が混乱して、新海の言葉が理解できなかった。

『あいつ昨日親父死んだ？』

妙なことを言う。

「そんな話聞いてないよ？　今日も親戚の結婚式とかいって、朝から出て行ったし……」

『やっぱりだ。あいつまた嘘つきやがって……』

「どうゆうこと？」

『あいつ、昨日親父が死んだって言って皆から香典集めていたんだよ』

「は？」

『俺もすっかり騙されちゃったもん……天才だよ。瞳、あいつはプロの詐欺師だから気をつけろ！』

瞳は部屋に戻るなり、将の荷物が置いてあるクローゼットの引き出しを開けた。

《バラバラッ》紫色の風呂敷に包まれて、山のような香典袋が現れた。

正体

中身の抜かれた山のような香典袋を横目に、瞳は目の前にある現実が信じられない思いでクローゼットの中にある将の荷物をリビングにばら撒いた。透明なクリアファイルに挟まれた、三十〜二百万円の将名義の借用書の束を見付けた。新海が言っていたことは本当だった。将は人から多額の借金をし、親が死んだと嘘をついて、周りから香典の金を巻き上げていた。
将を都合良く利用しているつもりが騙されていたなんて——瞳はその場に崩れ落ちた。
《ガチャッ》
「ただいまぁ〜」

ちょうどその時、黒いスーツに身を包んだ将が帰ってきた。散らかった部屋を見て驚愕《きょうがく》する。

「何これ？」

瞳は怒りを通り越した穏やかな口調で訊いた。

「お前……人の荷物漁《あさ》って何やってるんだよ！」

逆ギレする将。執拗に瞳の怒りに油を注いだ。

「何って見ればわかるでしょ？　今日は結婚式に行っていたんだよね？　で、あんたの親がいつ死んだわけ？」

「…………」

「周りから相当な借金しているらしいじゃん！　何これ？」

瞳は借用書の束を将に投げつけた。

「……ごめん」

「はぁ？」

「ごめんなさいっ！」

将はその場に土下座をした。瞳の怒りが頂点に達する。

「何でこんなことしたの？　あんた詐欺師？」

「見栄を……張ったんだ」

将は消え入りそうな声でそう言った。

「見栄？」

「お前にいい格好見せたくて。金がないなんて言えなかった」

「こんなことをして私が喜ぶと思う？　周りから見たら共犯だよ！」

「もうしないって約束する！　ちゃんと昼間働くから許してくれ！　頼む……ぅう……」

将はみっともないくらいに泣きながら懇願した。

《ハアー……》それを見て、瞳は深い溜め息をついた。

「別れよう。明日までに荷物全部持って出ていって」

将は必死に瞳の足元に縋り付いてきた。

「お願いします、許して下さい！　今お前と別れたら俺自殺する！」

身に着けていたロレックスの腕時計とブルガリのネックレスを外して、瞳の手に握らせた。

「これを形見に持っておいて」

将はすでに死人のような顔をして呟いた。

「ちょっと、こんなことされたら重いよ！　自殺なんてあんた馬鹿じゃないの？」

瞳は腰に縋り付く将を振り払って、持っていたアクセサリーを投げかえした。

「いや、本気だ！　お前と別れたら俺辛くて自殺する！　今から車に撥《は》ねられてくるからっ」

将は怒鳴るようにそう言い残すと、ドアを開けて一目散に外に飛び出していった。瞳はその場に屈《かが》み込み、額に手をあてながら溜め息をついた。

【あんな屑《クズ》死んだって関係ないじゃん】

けど……あんまり追いつめたら可哀想

【面白いから本当に自殺するか見てみようよ】

私のためにしたことだし、やっぱり見殺しには出来ないよ――

鞄の中から携帯を取り出して、将に電話をかけた。

待っていました！　とばかりにワンコールで電話に出た。

「もういいから戻っておいでよ……」

将は直ぐに戻ってきて瞳に抱きついた。

「ありがとう！　俺、心を入れ換えるから……」と泣きながら約束した。

実際瞳に貢いでいたし、今回だけは将の嘘を許すことにした。二人はそのままベッドに倒れこみ、明るくなるまで濃厚に絡み合った。

次の日、瞳がいつも通り仕事から帰ってくると、将はニコニコと笑いながら大手食品メーカーの名刺を差し出してきた。

「俺、明後日からここで働くことが決まったから」。意気揚々とそう言った。

「頑張ってね！　将なら大丈夫」

——本当に頑張ってほしい

もう一度信用したかった。瞳の中にある疑心を取り除いてほしかった。

それから将は決まって朝の九時に家を出て、夕方の六時頃に部屋に帰ってきた。この頃から将は所沢の実家には殆ど帰らず、瞳の部屋に居座るようになった。不思議と背広は着ないで普段着姿で出社した。何だか疑わしかったけれど、月末には「祝！　初給料〜」と言って銀行の袋に入った現金を持ち帰ってきた。中には三十万円ほど入っていた。給料明細は入っていなかった。

——ちゃんと真面目にやってくれているんだ

瞳は半信半疑ながらもそんな将が嬉しくて、もう一度信じてみようと思った。将はホクホクした顔で「久しぶりに今夜同伴したい」と言い、貰ったばかりの給料袋から十万円を抜き取った。

——借金を返せばいいのに

そう思いながらも、キャバ嬢である自分が喜んだ。

結局、将と一緒にルージュへ同伴出勤した。

「熊さん久しぶりじゃん！　別れちゃったのかと思った」

更衣室で胡桃に冷やかされながら、モゾモゾと着替えをした。

「私、来週一週間休んでハワイに行くの。真っ黒に焼けて帰ってくるから！　瞳にもお土産買ってくるね」

「ありがとうございます！　胡桃さん、彼氏に会いに行くんですか？」

「当・た・り～もうすぐ生理きそうだから、産婦人科行ってピル貰ってきた」

「あははっ！　いっぱいラブ×2してきて下さい」

「うん！　あぁ～早く会いたいなぁ」

瞳はそんな胡桃が可愛いと思った。もっと早く胡桃と会っていたら、私は違う人生を歩いていたかもしれない。純粋に人を愛せて羨ましかった。

将もそう――瞳はもう損得感情でしか人を愛することが出来ないから。

その日はベートーベンと航空自衛隊の賢ちゃんがきた。賢ちゃんは瞳の指名客の中で一番歌が上手い。一緒に飲みにくる友達とハモリながら、よくｃｌａｓｓの『夏の日の１９９３』を唄った。周りからリクエストされるほど、賢ちゃんの歌声は素晴らしかった。瞳は賢ちゃんの鍛え抜かれた肩に頭を乗せながら、うっとりと聴き惚れていた。

将が仏頂面をしてこっちを睨んでいる。わかりやすい反応が面白くて、ベートーベンの席ではフルーツをアーンしてあげた。デレデレと惚気たベートーベンは、結局ラストまで延長した。

一月十九日の夕方——突然麗子から電話があった。

『昨日出産したの』

三千二百グラムの元気な女の子。生まれるまでのお楽しみで、医者にどっちが生まれるか訊かなかったらしい。なんとも麗子らしい話だ。

『名前はもう決めてあるんだ』

「へぇ〜早いじゃんっ！　何て名前にするの？」

『男の子なら誠、女の子ならモナって考えていたから、モナちゃんでーす！』

「モナちゃんかぁ〜可愛い名前だね。麗子、出産大変だったでしょ！　お疲れ様、ゆっくり休んでね」

『うん、一週間は入院だから安静にしてる。瞳、アパートに遊びにきてよ』

「近々将とお見舞いに行くよ」

『あっ！　それがいいよ。将君久しぶりだなぁ〜懐かしい』
──あの麗子がもうママなんだなぁ
瞳は麗子がどんどん遠い存在になってしまうようで、何だか自分だけが取り残されたような寂しい気持ちになった。

それから九日後の日曜日──

将の車で深谷市にある麗子の新居へ遊びに行った。途中のコンビニで出産祝いの袋を買って、二人で七万円包んだ。

「瞳久しぶりぃ〜将君も変わらないなぁ」

元気そうな麗子が笑顔で迎えてくれた。

「麗子、これ出産祝い！」

「えぇーわざわざありがとう！　今、旦那がパチンコ行って留守だから、何もないけどゆっくりしていってね！」

麗子が淹れてくれた紅茶を飲みながら、部屋の中を見渡した。ベビーベッドに小さな玩具《おもちゃ》、ぬいぐるみ、それに沢山の赤ちゃんの写真が飾られていた。家族三人で撮った写真の横に、麗子がラストの日に瞳とエルセーヌの前で撮った写真も飾られていた。

「瞳も赤ちゃん抱っこしてみる？」

麗子が赤ちゃんを抱いてそっと瞳に渡してきた。

《ブゥーッ》モナちゃんは目がクリクリしていてお世辞抜きに可愛かった。何だか壊れてしまいそうで抱くのが怖かった。

「ああー……モナは瞳が好きなんだぁ。人見知りで嫌だとすぐ泣くの」

「本当？」

試しに将に抱っこさせてみた。

《ギャアアーッ》

確かに。将は弱りながらも、高い高いしたり、面白い顔をしたり、一所懸命モナちゃんをあやしていたけれど、一向に泣き止《や》まなかった。

「ごめんね、将君」

結局モナちゃんはママの腕の中に戻った。

麗子はスッピンで飾り気のない地味なトレーナーを着ていて、もう立派なお母さんになっていた。

将が外で煙草を吸っている間、麗子にさりげなく先日の一件を話した。麗子は深刻な顔になって、

「実は……変な噂聞いたの」と言った。

「噂ってどんな？」

「私も人から聞いた話なんだけど……」

玄関ドアの開く音がして、将が部屋に戻ってきた。

「今度、近いうちに二人だけで話そう」

コッソリと耳打ちされた。途端に瞳の不安がぶり返した。

「いやぁ〜外寒かった！　長居すると悪いから、そろそろ俺らはお暇《いとま》しようぜ」

「うん、そうだね！　じゃあ麗子また今度……」

「また遊びに来てネ」

麗子に見送ってもらい、二人でマンションを後にした。将には気づかれないように普段通りに振る舞った。

瞳の部屋に帰ると、将は麗子に影響されたらしく、いきなり瞳に抱きついてきた。そして真剣な顔で言った。

「結婚しよう！　二人の子供を作ろう」

「将ってば、すぐ影響されちゃうんだから〜」

その視線に耐えられなくて、瞳は将から離れて冗談交じりに受け流した。最近将は少し焦っているように思う。

それからというもの、将はしきりに瞳の実家に行きたがるようになった。以前、家を追い出されてから何の音沙汰《おとさた》もないから家族も心配していることだろう。これもきっと何かの縁だ。将と結婚するつもりはないけれど、瞳は半年ぶりに実家に帰ることにした。

二月の節分が過ぎた日曜日——

将を連れだって、様子見がてら実家に帰った。多栄子は瞳の顔を見るなり涙を流した。

「無事で良かった……」

「ごめんね、お母さん」

改めて親不孝な自分を反省した。

「これお母さんに」

将は多栄子に深紅のバラの花束を手渡した。

「わぁー綺麗！　出来た彼氏さんね」

元々花が好きな多栄子は嬉しそうに微笑んだ。半年ぶりの多栄子の手料理は、やっぱりあんまり美味しくなかった。それでも全部平らげて、将も交えて昔話に華を咲かせた。

「また近いうちに帰ってくるから」

夜の十時近くまでいて、実家を後にした。

帰りにノリで春日部市内にあるカラオケボックスに入った。将は『レイニーブルー』や『いとしのエリー』など明らかに口説きの曲を熱唱した。最初から期待していなかっただけに、中々上手くて驚いた。マイクを使ってまた「結婚しよう」とプロポーズされた。

「ムードがないからダメ」

と今度も笑ってごまかした。まだあの忌まわしい大輔の記憶が消えていない。

【男は皆同じだよ】

瞳には躊躇《ためら》いがあった。

それから何事もなく四月を迎えた。あの絶望的だった一年前を思い出し、この平穏な毎日をありがたく思う。麗子の体調が落ち着いてきたので、将が会社に出勤している間、大宮で待ち合わせてお茶をした。

「あのね、この間の話だけど……」

フワフワしたカプチーノを飲みながら、麗子は不意に将の話を切り出した。

「将君、瞳の末払いの給料持っているよ」

「えっ！　あれは罰金で社長に没収されたはずだけど……」

バックレた代償として瞳に支払われなかった給料は、給料は、半月分で七十万円ほどだった。チンプンカンプンな頭の中身を整理する。

「社長の厚意で罰金はなかったみたいだよ？　ヒロさんから聞いたから」

「嘘……」

すぐに新海に電話して訊いてみた。『確かに残りの給料を将に手渡した』と言っていた。将に『俺から直接瞳に渡す』と言われたらしい。瞳は嫌な予感がして、麗子を連れて自分のアパートに戻った。いつの日か、将に貰った名刺を探し、その会社に電話をかけてみた。

『そのような名前の社員はこちらには登録がございません』

何度訊いても同じ答えが返ってきた。瞳はあまりのショックで急激に心臓が苦しくなり、その場にグゲッと蹲《うずくま》った。

「逃げよう瞳！　ここにいたら駄目」

麗子に急《せ》かされて、二人で慌ただしく荷物をまとめた。将が帰ってくる前に逃げるのだ。テーブルの上に《ふざけんな！　詐欺師野郎!!》と走り書きしたメモを残した。大まかな荷物を運び出し、タクシーに乗って二人で春日部の実家に向かった。

いきなり大荷物を持って帰ってきた娘に、多栄子は仰天していた。

「あんた、近いうちに帰るとは言っていたけど、夜逃げでもしてきたの!?」

「将から逃げてきたの！　お母さん、友達の麗子。色々手伝ってくれたんだ」

「初めまして麗子です。突然お邪魔してすみません」

「いえいえ、汚い家ですけどゆっくりしていってね！　今お茶淹れますから」

「いえ……私はこれで失礼します。瞳、何かあったら連絡してね！」

「あらっ、何のおかまいもしませんで」

麗子は名残惜しそうに夫と赤ちゃんが待つ深谷のアパートへ帰って行った。

時刻は午後六時十分――

もうそろそろ将が帰ってくる時間だ。

《プルルルッ……》静かな部屋に携帯の着信音が鳴り響いた。相手は誰だか分かっている。シカトした。立て続けにメールが二十件も入ってきた。見るのが恐くなってそのまま電源を落とした。

瞳はベッドに潜りながら悔し涙を流した。全てが偽りの幸せだった。

《ピンポーン……》突然玄関のチャイムが鳴った。

「絵里香ぁ～お客さんよ！」

下で多栄子の呼ぶ声がした。

通報

「え……!?」

リビングのソファに深々と腰をかけながら、多栄子と和やかに世間話をしている将を見て、瞳は一瞬我が目を疑った。

「何しているの？」

「絵里香ぁ、将君と喧嘩したんだって？　もう～心配かけちゃ駄目でしょ！　この子は昔っから気が短いところがあるから……」

多栄子はキッチンで紅茶を淹れながら、申し訳なさそうに微笑んだ。

「お母さん、どうぞおかまいなく」

将は白々しく出来た彼氏を演じていた。

「おう、座れよ」

「てゆうか何で来たの！　手紙見たでしょ!?」

「まぁまぁ興奮するなよ、お母さんに笑われるぞ？」

「絵里香～わざわざ将君が迎えに来てくれたんだし、今日はちゃんと帰りなさいね！」

何も知らない多栄子は将に紅茶を差し出しながら、瞳を諭した。

「いえ、僕が大人げなかったんです。お母さんにまでご心配をおかけして申し訳ありません」

将はわざとらしいくらい丁寧に頭を下げた。

―悔しい……もうお母さんを取り込んでいる
こいつは根っからの詐欺師なのだ。今この状態で多栄子に何を話してもラチがあかない。

「ちょっと失礼します」

将がトイレに立ったすきに、瞳は多栄子の目を盗んで、テーブルに置いてある将のキーケースを手に取った。瞳のアパートの合鍵をそっと抜き取って、何喰わぬ顔で元の場所に戻した。

将が用を足して戻ってきた。

「じゃお母さん、僕等はそろそろお暇します。ほら行くぞ！」と将は瞳の腕をグィッと摑んだ。

―このまま帰ってはいけない
全身の神経が警報を鳴らす。瞳は将の手をパンッと振り払った。

「お母さん、私今日から実家に泊まるから。外で将と別れ話してくる！」

瞳はそう言って足早に玄関に向かった。将はチラリと多栄子を見て、わざとらしく申し訳なさそうな表情を浮かべて、瞳の後に続いた。こんな事なら実家に連れてこなければよかった。瞳は自分の行動を猛烈に後悔していた。

隣の家の庭先には満開の桃の花が咲いていた。もう春だというのに外はすっかり陽《ひ》が落ちて風がひんやりと肌寒い。《プープゥープー》この辺りではまだ自転車で豆腐を売りにくる。

家の前の街灯の下で、瞳と将は睨み合いになった。

「ちょっと！　いきなり家に上がりこんで、あんたどういう神経してるの？」

「…………」

「あんたが何したか全部知っているんだからね？」

「ごめんなさい」

さっきの堂々とした態度とは打って変わって、将は弱々しい口調で応えた。

「お母さんに取り入って汚い奴！　もう二度と私の前に現れないで！」

「…………」

「私の未払いの給料持っているんだって？　あんたなんか信じた私が馬鹿だった」

「俺死ぬよ」

——そらきた

「あっそ」

瞳は呆気なく返事をした。

「俺……今から車に突っ込んでくるよ！」

「勝手に死ねばいいじゃん？」

瞳は将を冷たくあしらった。相手にされないとわかると、将は態度を豹変させて、鋭い目つきで瞳を睨みつけた。

「俺は絶対に別れないからな！　別れるくらいならお前を殺してやる！」

突然将は熊のように大きな体で瞳に覆いかぶさり、両手で力いっぱい首を絞めた。《グゥ……》あまりにも咄嗟《とっさ》のことで、瞳は反応することが出来なかった。瞬間我に返って、思いっ切りブーツのヒールで将の腹を蹴り飛ばした。将がよろめいた隙に、一目散に家に駆け込み間一髪で逃げおおせた。

――喉が痛い
瞳は荒い息をととのえながら、急いで玄関の内鍵を閉め、厳重に家中の戸締まりをした。

《ピンポーン……ピンポーン……ピンポーン……ピンポーン》

「おぉーい開けてくれよぉ！　大声出すよぉ」

《バンッバンッ》激しくドアを叩く音。瞳は恐ろしくなって、その場にしゃがみ込んで耳を塞《ふさ》いだ。

　暫くすると辺りが静かになった。ドアの向こうで微かに人の話し声が聞こえる。

「この騒ぎは何事ですか？」

　隣近所のおばさんが心配して将に声をかけていた。

「いやぁ～締め出しくらっちゃいましてね！　単なる痴話喧嘩ですからご心配なく……」

　将は憎たらしいくらいに愛想良く応えていた。

「何で入れてあげないの？」

　リビングから多栄子が不思議そうに顔を覗かせた。

　瞳はその場に泣き崩れ、今までの将との経緯を話した。最初は信じられないといった表情の多栄子も、だんだんと将の異常な行動に不審感を抱き娘の話を信用してくれた。

　三十分経過して、ようやく玄関チャイムが鳴り止んだ。

《プルルルル……》家の電話が鳴った。瞳の携帯は夕方頃から電源が落としてあった。

――将に違いない
「お願い出ないで！」

　受話器を取りかけた多栄子を制した。ディスプレイに表示された電話番号は、やはり将からだった。切ってはかけ、切ってはかけ、その流れが五十回ぐらい続いた。そしてまた家のチャイムが鳴る。ノイローゼになりそうだった。

「おぉ〜い出てこいって！　ご近所にも迷惑だぞぉ〜」

今夜に限って孝雄は都内で社交ダンスの大会があり、普段よりも帰宅時間が遅かった。

「姉ちゃーん、煩くて僕勉強出来ないよ！」

ケイトが隣の部屋から顔を覗《のぞ》かせて不満を垂れた。

「ごめんねケイト、早めに何とかするから！」

久しぶりの弟との会話だった。将のせいで何もかもぶち壊しだ。

結局、夜中の十二時くらいまで玄関チャイムと将の怒鳴り声が続いた。

《ピーポーッピーポーッ》遠くから聞こえてくるサイレンの音。瞳は三階の部屋の窓から下の騒ぎを眺めていた。近所の住人が「不審者が刃物を持ってうろついている」と通報したらしかった。将はサバイバルナイフまでちらつかせてこの付近を徘徊《はいかい》していたらしい。下のやり取りを聞いて、思わず身の毛がよだった。ナイフまで持ち歩いていたなんて、下手をしたら本当に殺されていたかもしれない。

将は警察に身柄を取り押さえられ、必死に抵抗しながらもパトカーに連行されて行った。

将を乗せたパトカーが小さく遠ざかっていくところを見届けて、瞳は部屋の窓を閉めホッと一息ついた。すぐさま思い出したように、鞄の中から携帯を取り出し電源を入れた。

三十件の不在着信に二十四件の受信メール。全てが将からだった。

『お前このままで済むと思うなよ！』『一緒に死のう……別れるなんて辛くて耐えられない』

『いい加減にしないとぶち殺してやるっ！』『瞳〜俺を見捨てないでくれよ』

『俺が死んだら許してくれる？』『自殺するから最期を看取《みと》ってくれよ……』

揚げ句の果てに、

『実は……俺はガンで残り数ヶ月の命なんだ！　最期の時間をお前と過ごしたい』

と笑えるほど滑稽な御託を並べていた。それはもう立派な脅迫だった。

【ほらごらん！　男なんか皆同じ】

本当だね
【だから男はくだらない！　だから金は裏切らない！】

将を信じようとした私が馬鹿だったよ
【もう誰も信じるな！　男を憎め！　金を奪え！】

朝方に春日部警察から連絡があり、大まかに電話で事情を訊かれた。瞳に脅迫めいた行為を働き、刃物まで持ち歩いていたにもかかわらず、最終的に『痴話喧嘩の末の内輪もめ』と判断され、前科のない将はたった一日で釈放された。

瞳は松沢に少しの間店を休むと連絡した。この状況ではいつ将に捕まるとも限らない。麗子に連絡したら『まだその辺りをうろついているだろうから、当分の間は出歩いたら絶対に駄目だよ！』ときつく注意された。

その後二日間は何事もなく過ぎた。

三日目の夕方――

瞳は部屋にじっと引き籠っていることに疲れて、多栄子と一緒に車で近所のスーパーまで買い物に出掛けた。ここぞとばかりに大量に買い溜めをして満足気な多栄子は「たまには気分を変えて違う道から帰ろうか？」と言い、普段は通らない裏通りから帰ることになった。

一瞬心臓が止まるかと思った。ちょうど自宅から五十メートルほど離れた路肩に、見慣れた将の白いセダンが停まっていた。瞳と多栄子はお互いに顔を見合わせ、意を決して横を通過すると、将はタイミングよく出掛けていて、中に人はいなかった。実家の車庫に車を突っ込むと、二人は周囲を気遣いながら急いで荷物を降ろし、丁寧に家中の戸締まりをした。

「見つからなくて良かったぁ……」

ほっと一息ついて瞳が部屋の明かりを点けると、いきなり携帯の着信音が鳴った。見ると公衆電話からだった。きっと将に違いない。瞳が将の携帯に出ないから、公衆電話からかけてきたのだ。公衆電話と将の携帯を着信拒否に設定して、メールも受信拒否に操作してようやく鳴りおさまった。

暫くすると今度は家のチャイムと家の電話が同時に鳴った。将は瞳の部屋に明かりが点くのを見ていたのだ。瞳の部屋は監視されていた。一時間近く続いたけれど、孝雄がダンス教室から帰ってくると、潮が引くようにおさまった。

四日目の早朝——

新聞を取りに行ったケイトが、ポストに入っていた瞳宛ての手紙とロレックスの腕時計を持ってきた。恐る恐る中を開く。手紙にはこう綴《つづ》られていた。

《瞳へ　お前がいなくなってから俺には居場所がない。いつアパートの鍵を持っていったんだ？　全く油断も隙もねぇな。俺はお前の帰りを待ちながら、毎日車で寝泊まりしている。助けてくれ！　もし俺が自殺したら時計形見に持っていてね》

何とも気味の悪い手紙だった。

瞳は数日考え抜いた末ルージュを辞めることにした。元々将の知り合いの紹介で入店しただけに、見張られている可能性があるからだ。松沢店長に連絡をして、事情を話し、未払いの給料を来週どこかで待ち合わせて貰うことに決めた。突然のことで胡桃に別れの挨拶を出来ないのが心残りだった。

一週間後の夕方――

《ピーポーピーポー》瞳の実家近くでまたサイレンの音が聞こえた。赤色灯に群がる野次馬の群れ――近所の住人が、瞳の家に忍び込もうと雨戸を開けていた怪しい人物を発見し、通報したらしい。

将に違いなかった。これで将は二度目の逮捕になった。将のポケットには数千円の現金と煙草、携帯、刃渡り十五センチのサバイバルナイフが入っていた。将は脅迫罪の他に不法侵入やストーカー行為も加わって、暫くは出所出来ないだろうと警察は話していた。

ようやく瞳に平和が訪れた。ポストに入れてあった将の手紙を、思い出と一緒に燃やした。預かったロレックスは、よくみるとただのレプリカだった。何とも将らしい最後だった。

小春日和の月曜日――

瞳は十日ぶりに自分のアパートに戻った。

いつ将が出所してきても平気なように、その足で不動産屋へ出向き、アパートの解約手続きを済ませた。部屋に残っていた細かな荷物を箱詰めして、近くのコンビニから実家に郵送した。

馴染《なじ》みの道をテクテク散歩しながら浦和駅に向かった。爽やかな春の陽射しが気持ち良い。もうここにくることもないのだろう——何となく寂しい気持ちになった。

浦和駅から京浜東北線に乗り込んだ。大宮から東武野田線に乗り換えて、春日部市まで揺られて帰る。疲れていたのか、長閑《のどか》な春の陽気のせいなのか、瞳はついうたた寝をしてしまった。

「お～い」

「ｚｚｚ……」

「お～い、瞳！」

「……ん!?」

名前を呼ばれて目を開けると、目の前に新海が立っていた。

「瞳ぃ～久しぶりぃ！」

「あれっ？　何でこんな所に？」

「俺、エルセーヌ辞めて春日部のチップスで副店長をやってるって言わなかったっけ～？」

「そういえば聞いた気がする……」

《次は～春日部～春日部です》

新海と会うのは実に五ヶ月ぶりだった。懐かしい感覚——新海は何一つ変わっていない。

二人は改札口を出て、駅前のベンチに座り、缶コーヒーを飲みながら将の話をした。

「まぁ〜いい社会勉強になったんじゃないか？」

新海は相変わらずあっけらかんとしていた。将に百万円も貸している人の台詞ではない。

「瞳、気分転換にさ、また俺の仕事手伝わないか？」

「えっ！　でも……」

瞳は少し躊躇った。一ヶ月くらい休んでまた大宮で働こうと思っていた。新海の頼みとはいえ、春日部なんて田舎では、野心も何も芽生えない。

「瞳にもっと仕事教えてやるよ！　俺が瞳をスーパーキャバ嬢にしてやる！」

「あははは！　新海さんは変わらないね」

「相変わらず魅力的だろぉ〜」

また新海とコンビを組むのも悪くない。瞳は二ヶ月間の条件付きで、また新海の下で働くことにした。

「新海さん、あのね、瞳、名前変えたいの！」

「うん？　どうしたいきなり！　何か他に付けたい名前でもあるのか？」

「うん！」

瞳はかねてからの憧れだったルージュの胡桃の名前を付けた。

胡桃

《ランララ〜ン♪》穏やかな春の陽射しに包まれて、胡桃は鼻唄を口ずさみながら実家の花壇に水を撒いていた。菜の花が愛らしい黄色い花を咲かせている。花びらの雫《しずく》が太陽をいっぱいに浴びてキラキラと輝き、まるで胡桃に笑いかけているようだ。

昨日丸一日寝ていたせいで大分二日酔いも醒めた。今日は天気もいいし、久しぶりに美容院にでも行こう。胡桃は携帯で家の近くの美容院に予約を入れた。

《ルンルンルンッ♪》胸を弾ませながら、ゆりの木通りを軽快に歩く。道の両脇をゆりの木がアーチを描くように立ち並び、昔と変わらない長閑な町並みが広がっている。十分ほど歩いて美容院に着いた。

「先程電話で予約した中田と申します。トップスタイリストの方を指名したいのですが……」

岡村《おかむら》という三十半ばのベテラン美容師がついた。

「さあ〜可愛く変身しましょうね」

岡村に魔法の言葉をかけられて、胡桃の髪は軽く華やかなシルエットに生まれ変わった。

「どうですか？　レイヤーを入れて動きを出したんですが」

「わあ！　凄く素敵」

家中を巻き込んだストーカー騒ぎで、胡桃は痩せて綺麗になった。失恋は女を美しくするというのは本当らしい。

プルプルプル――持っていた胡桃の携帯が鳴った。

『おはよう！　可愛い胡桃ちゃん。二日酔い大丈夫かな？　それにしても盛り上がったね！帰り眠くて辛かったけど楽しかったよ！　またデュエットしようね〜隼人』

一昨日飲んだ隼人からのお礼メールだった。


「麗子、一日くらい家に泊まりにおいでよ！　旦那さんには私が上手く言っておくから」

一昨日の晩、胡桃は麗子に無理を言って久しぶりにロミオに飲みに行った。

見た目がタイプの隼人を指名して、シャンパンを入れて山手線ゲームをやった。途中から罰ゲームがテキーラのショットグラスに変わり、皆でボトル二本分の量のテキーラを飲み干した。隼人と寄り添いながら『今を抱きしめて』をデュエットし、我を忘れてラストまで飲み明かした。その場のノリで、オーナーの拓也《たくや》の車で四人で筑波山《つくばさん》の朝日を見に行った。朝の空気がピリリと冷たくて、眠っていた頭が一気にさめた。筑波山から見た朝日は荘厳《そうごん》で、今まで見た中で一番美しかった。

拓也に帰りの運転を任せ、胡桃も隼人も麗子も車の中で泥のように眠って帰った。お陰で昨日は一日中二日酔いでベッドから起き上がれなかった。

胡桃は今までホストなんて屑だと思っていた。憎んでさえいた。でもお金を払って好みの相手と過ごすバーチャルな恋愛は意外と楽しかった。最初から割り切った付き合いの方が、後々傷つかなくて済む。何だか自分の客の気持ちがわかるような気がした。

「ありがとうございました！」

胡桃は意気揚々と美容院を後にした。今夜がチップスの仕事始め。新しい髪型で気分一新、今の自分に迷いはない。今日から胡桃として新しい人生が始まるのだ。

当分は実家通いになる。胡桃は頭のカチンカチンな両親に、キャバクラで培った話術を使い言葉巧みに説得した。その甲斐あってか、胡桃の両親はキャバクラ勤めにある程度の理解を示してくれた。専門学校をやめた不良娘に、家まで出ていかれるよりはましなのだろう。

手元の時計は午後六時二十分——

胡桃は自宅を出て電車で大宮駅に向かった。夜七時から水野社長と食事の約束をしている。春日部には、水野が好むような中華料理屋もなければ小洒落た店もない。長閑なだけが取り柄の不便な街だ。胡桃は大宮へ向かう電車に揺られながら、一昨日の拓也との会話を思い出していた。

「この間新宿のキャバクラに飲みに行ったんだけど、やっぱり歌舞伎町のキャバ嬢は違うねぇ！　バカラで四十万円すったとか、愛人にベンツのSL買ってもらったとか！　話のスケールが違うよ」

拓也の言い方が妙に自慢気で、自分と比べられているような気がしてカチンときた。胡桃はバカラなんてやり方も知らない。毎日電車通勤だし、車の免許すら持っていない。

——いつか自分も歌舞伎町で働きたい、自分の力を試してみたい
密やかな野心を燃やしていた。


「瞳ちゃん？」

大宮駅の構内で知らない男に声をかけられた。

「君、エルセーヌの№1だよね？」

「はぁ、エルセーヌはもう辞めましたけど」

「やっぱり！　前にチラッと見かけたことがあって……ラッキーだなぁ〜！　エルセーヌに行こうとしたら『スカウトの方は出禁《できん》です！』って断られちゃってさぁ。瞳ちゃんに逢いたかったんだよ！」

「今は胡桃です。あの〜急いでいるから」

「胡桃ちゃんね！　ＯＫ〜！　突然だけど新しくオープンする店で看板になる気ない？　胡桃ちゃんなら超ＶＩＰ待遇だよ」

「本当に急いでいるの！　ごめんなさい」。小走りに横を通り過ぎようとした。

「あっ！　待って！　俺嶋田《しまだ》っていうんだ。此処《ここ》で会ったのも何かの縁だし、名刺だけでも貰ってよ」

そのスカウトは強引に胡桃の手に名刺を握らせて、「絶対に連絡してね」と言い残し駅の雑踏の中に消えていった。ラブ＆シュシュという再来月オープンのキャバクラらしい。

「新店かぁ……」

胡桃はその名刺を無造作にポケットにしまいこんで、水野の元へ急いだ。水野は西口の広場でベンチに腰をかけながら、ぼんやりと煙草を吸っていた。

「ごめ〜ん！　お待たせ〜」

「瞳君久しぶり……あぁ〜、今は胡桃君か！　何か雰囲気変わったね」

「そうだよ、イメチェンしたの！　水野さんに気に入ってもらえるように」

「あはは！　本気にするよ？　でも僕はそうゆう髪型好きだな」

「本当、嬉しい」

二人はニコニコと腕を組みながら、予約してあった昇竜飯店に入った。以前、花沢達と此処で食事をしたのが遠い昔話のようだ。シェフのお勧めコースを一通り食べ終えて、水野のＢＭＷで春日部に向かった。午後九時前に春日部に着き、駅前のパーキングに車を停めてチップスに入った。

この地域のキャバクラは垢抜《あかぬ》けず、いたって冴えないのだがチップスは壁一面がコンクリートの打ちっぱなしで、床は落ち着いたダークブラウンのフローリング、大きなスクリーンとカラオケが完備されていて、それなりに立派な店だった。

「いらっしゃいませ〜胡桃さん同伴一名様！　あっこれはこれは水野社長、わざわざいらして頂いてありがとうございます」

新海は手を前で合わせながら、こめつき飛蝗《バッタ》のようにヘコヘコと挨拶した。

「胡桃君に騙されてついてきました」

水野を見晴らしの良いボックス席に座らせて、ウィスキーのボトルを頼んでから着替えにいった。

「胡桃ぃ〜よく来たなぁ！　今日から宜しく頼むよぉ〜今、店長紹介するから」

途中で新海に腕を摑まれて「こっちこっち」とキャッシャーに連れて行かれた。

「初めまして胡桃ちゃん、店長の天澤《あまざわ》です。大宮の頃みたいにドカンと派手にかましちゃってよ！」

金髪で涼しげな目元、色白でヒョロリとした店長は、一見するとホストみたいだった。他に新海と同じ副店長の水川《みずかわ》、チーフマネージャーの中野とサブマネージャーの山岡を紹介された。

「来月はNo.1の誕生日があるから店も忙しくなるぞ〜」

新海はえらく機嫌が良かった。

No.1――今までは胡桃がそう言われていた。チップスのNo.1は一体どんな人だろう。

ミニのワンピースに着替えながら、張り出された成績表を見る。未来《みらい》は二位の直美に倍のポイント差をつけて断トツNo.1の地位を築いていた。

入店初日は、水野社長の他に林社長、花沢社長、オートレーサーの茂ちゃんが顔を出しにきた。

「胡桃がいなかったら、誰もここで飲もうなんて思わないよ」

皆にそう言われた。春日部なんて辺鄙《へんぴ》な場所じゃ当たり前かもしれない。大宮と比べて二軒目に行くような店がないし、第一ヘルプが可愛くない。新海に仕事を教えてやると言われて働きだしたけど、さあいつまで持つことやら……。しかも明日は年に一度の【ワイシャツデイ】というイベントらしい。下着の上から店が用意した白や水色のブカブカのワイシャツを羽織っただけ。男の下心を満たすようなイベントだ。

――明日の同伴は決まったな
いかにもベートーベンが食いつきそうなイベントだった。

指名客のテーブルにつく合間をぬって、フリー客についた。芋焼酎をロックでグビグビ飲む酒豪のたかちゃんは、大手運送会社の係長だった。見た目は太っていてゴリラみたいな人。三十六歳という年の割には幾分若く見えた。お互いの家が近いことから話が弾み、この日から胡桃の新しい客になった。

次の日、予定通り春日部駅でベートーベンと待ち合わせしてチップスの斜め前にある和風居酒屋に入った。

「会社をとうとうクビになったよ」

コロッケをつまみながら唐突にそんな話をされた。これには胡桃も衝撃を受けた。収入がなくなってしまっては客として通えない。切るか細々と通わすか――でも週三日のこのペースは保ちたい。

【借りさせちゃえ】

そうだないなら他で作ればいいのだ。

「コウちゃんみたいな優秀な人材をクビにするなんて、会社の判断ミスだね！　そんな会社辞めて正解だよ」

「うん、ありがとう。でもソロソロ貯金も底をついてきちゃったし、次の就職先が決まるまでは胡桃の店に通えないかも……」

「胡桃、コウちゃんと会えないなんて寂しくて絶対に耐えられない！　移籍したばっかりで、また彩夏さんみたいな人に苛められちゃうかもしれないし……不安だよ。コウちゃんは胡桃に会いたくないの？」

「会いたいに決まっているだろう！　胡桃と会うために毎日残業もしないで、こうして貯金まで叩いて通っているんだから」

ベートーベンはテーブルに身を乗り出した。

「じゃあ、会えないなんて寂しいこと言わないで」

「でも困ったことに本当に金がないんだ」

「借りちゃえばいいじゃん」

胡桃は無邪気に笑った。

「借りる？　でも俺……借金なんてしたくないよ！　雪だるま式に利子が増えていくっていうし」

「コウちゃん時代が古～い！　今なんか当たり前にＣＭやっているじゃない？　金利もそん

なに高くないし、すぐにお金下ろせて便利だから」

「でも、ちょっと恐いなぁ」

「一回借りちゃえば何てことないよ！　主婦とか学生とか気軽に借りているんだから。ねえ、試しにこれから行ってみない？」

二人は店を出て、駅前にある大手キャッシュローンに入った。モニター越しに簡単な審査を受け、まずは十万円を借りさせた。

「思ったよりあっけないもんだね」

ベートーベンは安心した顔でそう言った。胡桃は悪魔のような顔で微笑んだ。


入店して一週間が経った。

更衣室に張り出されている成績表を眺める。胡桃はもうNo.2になっていた。

「胡桃、頑張っているね」

長いワンレンの髪に、グレーのスーツをビシッと着こなした未来が声をかけてきた。年は二十代半ば、背丈は胡桃より低く、酒やけしたハスキー声が印象的だった。

「ありがとうございます」

「まだ入ったばっかりなのに凄いよ」

「未来さんには負けますよ」

冗談交じりにそう言った。二ヶ月で辞める胡桃にとってチップスでバリバリ頑張る気持ちにはなれなかった。

「来月の六日は誕生日だから宜しくね！」

「はい、頑張って下さい」

未来はサバサバとした性格で、綺麗でしっかり者のお姉さんといった雰囲気だった。胡桃は今まで三人のNo.1を見てきた。エルセーヌの彩夏、ルージュの胡桃、そしてチップスの未来——すべて違うタイプだった。それぞれにオーラがあり綺麗だったけど、やっぱりルージュの胡桃が容姿性格ともにずば抜けていた。

ここには私が憧れるような人はいない。ちっとも刺激的じゃない。毎日が退屈に過ぎていった。

六月六日——No.1の未来のバースデイ・イベント
店は満員御礼。テーブルが足りなくなって、その場凌ぎでフロアの中央に即席のテーブル席を作った。客層が幅広く、とりわけヤクザの客が多かった。未来はヤクザの組長に肩を組まれながらご機嫌で倉木《くらき》麻衣《まい》の『Ｓｔａｙ ｂｙ ｍｙ ｓｉｄｅ』を熱唱していた。強面《こわもて》のヤクザにもビビらない肝っ玉のすわった未来を、胡桃は半ば感心しながら眺めていた。

その日の営業終了後、チーフマネージャーの中野にキャッシャーに呼び出された。未来の席で客に飲まされたらしく、少し顔が赤かった。

「好きな鞄買ってあげるから俺と不倫しない？」

唐突に誘惑された。熱く艶っぽい視線が胡桃の体にまとわりついた。中野はたいして利用価値もないので、

「風紀に興味はありません」とキッパリお断りした。

愚図《ぐず》る中野を無視してさっさと店を出た。どうやら胡桃は風紀を誘われやすいタイプのようだ。

金のない男に用はない。胡桃は大きく深呼吸して夜空を仰いだ。

【もっともっと高いところへ……全ての人が見下ろせる場所へ……

誰しもが羨む胡桃だけの黄金郷《エルドラド》へ――】

偏見

最近、胡桃は自分が社会で小さな差別を受けているのだと感じるようになった。

この間、タクシーの運転手と口論になった。

「八木崎《やぎさき》まで行って下さい」

その日は、仕事終わりに地元の友達の家に遊びに行く約束をしていた。着替えるのが面倒臭くて、スーツ姿のまま春日部駅から空車のタクシーに乗り込んだ。八木崎までは夜中でも一メーターちょっとの短い距離だった。近くて悪いと思いながら、遠慮がちに行き先を告げた。

《バタンッ》荒々しくドアを閉められ無言で発進したので、

「聞こえましたか？」と中年の運転手に声をかけた。

「…………」。運転手は何も答えずただ黙って運転していた。普段は通らない暗く細い道を進んでいく。

――一体どこに連れて行くつもりだろう
胡桃は心配になって、「あの、さっきので行き先わかりましたか？」ともう一度尋ねた。

「そんなもん一度言えばわかるんだよっ！」

荒々しく運転手に叱責《しっせき》された。

「なら無視しないでそう言えばいいでしょ？」

「酔っ払いの女がうるせーな！　嫌ならここから歩けよ！」

運転手は逆ギレして、道の途中でドアを開けた。

「ふざけんじゃねーよ！　酒飲んでようが客なんだから目的地まで運転しな！」

《チッ……》舌打ちされて乱暴にドアが閉められた。重苦しい雰囲気のまま、目的地の八木崎に着いた。

「おいくらですか？」

「…………」

運転手は前を向いたまま答えようとしなかった。胡桃は仕方なく、メーターを覗き込んで金を払った。

──超ツイてない
心の中でそう呟き、胡桃がタクシーを降りようとすると──

《バンッ》

「痛っ!?」

右足に衝撃──タクシーのドアに足を挟まれた。その運転手は謝りもせず、急発進して走り去っていった。胡桃は取り残されたようにその場に呆然と立ち尽くした。

──そんなに私は悪いのか？

目からポロポロと涙がこぼれた。

すれ違う人——主婦、学生、OL、サラリーマン……皆が胡桃に好奇の視線を投げかける。フワフワの巻き髪にブルガリのアクセサリー、グッチのコート、肩から提げたルイ・ヴィトンのバッグはこの春の新作だった。胡桃は派手で目立っていた。金の匂いがプンプンする。でもどこか垢抜けず品がない。飲み屋の女だとすぐにばれる。軽蔑したような周りの視線を避けるように、いつからかサングラスをかけて歩く癖がついた。

タクシーの運転手も同じだった。相手が水商売だとわかると途端に無愛想な態度をする。『俺らは日夜真面目に働いているのに、色目使って酒飲みながら楽に商売しやがって！』そんな心の声が聞こえてくるようだ。もしくは下心をだして「いくらならホテルまでOK？」と関係を誘ってくる。それらの態度で胡桃は日々傷つき、そしてまた少し強くなるんだ。

そのタクシーの一件以降、スーツ姿のまま実家に帰るようなことはなくなった。隣近所の目を気にしながら、人気《ひとけ》のない夜中にコッソリと家に帰る。昼間に出歩く時は、なるべくスッピンでラフな格好を意識した。自分はいい、後ろ指をさされ傷つくのにも慣れている。この気遣いは家族に対してのものだった。

胡桃は予定通り六月いっぱいでチップスを辞めた。天澤店長に居残るよう相当しつこく誘われたけど、元々新海に頼まれて働いただけだったからキッパリと断った。

胡桃は七月二十日に大宮の南銀に新しくオープンする大箱キャバクラブ&シュシュで働くことになった。胡桃がチップスを辞める少し前にスカウトの嶋田の携帯に電話をかけた。

嶋田は胡桃から連絡があるなんて期待していなかったらしく、受話器越しに奇声をあげて喜んでいた。『すぐに責任者と会わせるから』と言って、その日のうちに春日部の小さな喫茶店で新店を一任されている神野《かんの》部長と面接をした。

保証時給は今までで最高の一万円。出勤時間や日数は自由。遅刻や無欠（無断欠席）、強制指名日などノンペナルティー（罰金がないこと）、我儘《わがまま》な胡桃の条件をすべて丸呑みしてくれた。ピアノの弾き語りがある年齢層が高めのラブと、豹柄やゼブラ柄のギャルっぽい店服が用意された若年層のシュシュ、十九歳の胡桃はシュシュに入店することになった。

胡桃のように同じ店に長く居座らないキャストのことを俗に転々虫《てんてんむし》という。

エルセーヌ七ヶ月――ルージュ五ヶ月――チップス二ヶ月――今度の店は続くといい。

七月十八日――
突然嶋田から『開店日が延びて二十五日になる』と連絡があった。営業の許可が下りなかったり、期日までに内装工事が終わらなかったりと、キャバクラでは案外よくあるトラブルだった。困ったことに、もう当日の同伴や大勢の来店予定を入れていたため、客全員に『オープンが二十五日に変更になった』と謝りの電話をかけた。

七月二十四日——

直前になってまたしても嶋田から『最終的な準備が間に合わなくて、オープンが二十七日になる』と連絡が入った。この間と同様、しかも今度は無理を言って皆に二十五日の予定を組んでもらっていた。胡桃は度重なる延期に腹が立って神野部長に電話をかけた。

「せっかく皆に無理言って予定空けてもらっているのに、何回もオープン日が延びたら私が信用をなくすよ！」

『ごめん、店の契約が思ったよりスムーズにいかなくて、女の子には迷惑かけてる。二十七日は多分……大丈夫だから！』

「多分？　胡桃、やっぱり新店にいくのやめる」

『え？　今更困るよ！　胡桃ちゃんはシュシュの看板なんだから……』

「これ以上コロコロ予定が変わったら、胡桃のお客さんが痛むもん！　私もやる気なくなるし……」

『それは本当にごめん』

「別に胡桃ならシュシュじゃなくてもどこでも働けるし」

胡桃は至極強気だった。現に胡桃には若さも勢いもあったし、引く手数多《あまた》で、恐いものなど何もなかった。

『わかった！　胡桃ちゃんの話を社長に伝えてすぐにかけ直すね』

一時間後に沢木《さわき》社長から直接電話がかかってきた。

『聞いたよ。今回の件で色々と迷惑かけて申し訳ない。でも胡桃ちゃんが看板だし、簡単にやめるなんて言わないで。僕に名案があるんだけど……』

「名案？」

『もうお客さん呼んじゃったんでしょ？　明日一日だけ胡桃ちゃんのために仮オープンするよ！』

「えっ！」

『女の子もシェフもボーイもこっちで手配するから』

「本当っ！」

快く承諾して電話を切った。この上ない優越感だった。胡桃のためだけに店をオープンするのだ。想像するだけでも鳥肌が立った。

──私は特別な存在なのだ

心からそう思った。

七月二十五日——仮オープンの日

花沢社長、水野社長、林社長、たかちゃん、オートレーサーの茂ちゃんからオープン記念で店に大きなスタンド花が届いていた。キャストの出勤は二十人。全て胡桃専用のヘルプだった。ベートーベンに、大宮駅前にあるキャッシュローンで二十万円を借りさせて午後八時に同伴した。

「いらっしゃいませ！　胡桃さん同伴一名様ぁ〜」

一斉に立ち上がるヘルプの女の子、胡桃のお客さんのためだけに働くボーイやキッチン、全てが胡桃を中心に動いている。

——なんて気持ちがいいんだろう

皆から羨望の眼差しを浴びて、胡桃は華々しくシュシュデビューを果たした。

ラストの時間を大幅に過ぎて大盛況の内に営業を終えた。結局、胡桃の客は三十組来店した。売上は小計で四百万円。この一件があって、一日で胡桃の名前は大宮中に知れ渡った。

「胡桃ちゃんお疲れ様〜いやぁ流石だね！　驚いたよ」

神野部長はご満悦な表情だ。

「イェイ～」

胡桃はよろけながらVサインをしてみせた。

《プルルル……》林社長から着信──。

「やばい！　アフター行かなきゃ」

フラフラになりながらロッカールームで着替えをしていると、さっきまで胡桃のヘルプをしていたキャストの一人に声をかけられた。

「初めまして、香織《かおり》です。明後日から正式に宜しくお願いします！　胡桃さん凄い格好良かったです。憧れます」

香織はそう言ってにっこりと微笑んだ。

「あ、ありがとう。こちらこそ宜しくね」

──私に憧れる
自分がそんな立場になるなんて、イマイチ実感が湧《わ》かなかった。何だか妙に照れ臭い。

「胡桃さんお疲れ様で～す」

香織は胡桃に小さく会釈して、小走りにロッカールームを出て行った。

「何だかえらく機嫌がいいな」

「そう？」

胡桃は林社長と腕を組みながら、南銀座通りを軽快にヒールの踵《かかと》を鳴らして歩いた。二人で店の近くにある24h営業のカラオケボックスに入った。生ビールとカクテルを注文して電モクで曲を選んだ。林は『レイニーブルー』を唄った。将が好きな曲だった。遠い目をして林の歌を聴いていた。

曲の中盤で林が突然マイクを離し、胡桃の肩を抱いてキスをしてきた。胡桃は一旦唇を離し、今度は胡桃から舌を入れてキスをした。キスくらいならもう何とも思わない。それが明日の売上に繋がるなら安いものだった。

以前、定食屋で新海に「いつか体を張らなきゃならない時がくる」と言われたのを何となく思い出していた。林は服の上から胡桃の胸を揉んできた。

「焦らないで……」

胡桃は林の手を優しく遮った。

「もったいぶるなよ！」

「駄目！　もうちょっとマイレージ溜まったらね」

と胡桃は微笑んで林の頬にキスをした。

「何だよ、お預けかぁ～……」

林は苛立ちながら煙草を吸った。だが表情はそこまで落ち込んでいるようには見えなかった。

「胡桃デュエットしようぜ」

林は気を取り直して電モクで曲を選び始めた。

受け入れてはいけない。かといって強く突き放してもいけない。思わせぶりな態度をとって、客に『次こそは……』と希望を持たせることが大切なのだ。

カラオケボックスを出ると、空が薄ら明るくなっていた。林にタクシー代を一万円貰って別れた。金を財布にしまい込み、鞄から携帯を取り出して、運送会社に勤めるたかちゃんに電話をかけた。

「酔ったからお家に帰れない～」

二十分ほどでたかちゃんが白いレガシーに乗って迎えに来た。心地良い車の揺れで急激に睡魔に襲われた。

「着いたら起こして……」

胡桃の実家まで眠って帰った。たかちゃんとは家が近く、大体の住所は教えてあった。たかちゃんはお父さんみたいで眠っていても安心できる人だった。

「おーい！　ここらへんだよ」

「……うん？　アリガトゴザイマス」

家の近所にある公園で降ろしてもらった。たかちゃんは突然の呼び出しにも文句一つ言わず「あんまり飲み過ぎるなよ！　帰ったらゆっくり寝なね」と言って自分の家に帰っていった。

《バタンッ》胡桃は部屋のベッドに倒れこみ、酔った頭で林とのやり取りを思い返していた。

——キスなら簡単に出来るのに

胡桃が体を張る相手はきっと林ではない。もっと利用価値のあるギラギラした金持ちじゃないと意味がない。

——私も変わったな

そんな風に割り切れる自分が恐くもあり、頼もしくもあった。

またあの夢を見るのだろうか……。

虚ろな頭でそう思いながら、胡桃は瞬く間に深い眠りに落ちていった。

四人目のNo.1

《ヒュルルー……バンッ》

「た〜まや〜！」「凄ーい、綺麗っ！」「イェ〜イ花火最高ぉ〜！」

「ほらっ！　あんまり乗り出すと川に落っこちるぞ！」

　八月の半ば――

　胡桃は隅田川の花火大会を見に行った。薄紫の浴衣《ゆかた》を羽織り、花沢の会社の社員達と、シュシュの女の子を五人連れて大勢で貸し切りの屋形船に乗った。初めての屋形船――窓辺にかけられた風鈴がチリーン……チリーンと涼しげな音色を奏でまた一興。威勢の良い女将《おかみ》さんが揚げてくれた熱々の天麩羅《てんぷら》を頰張り、花沢にお酌をした。花沢はウットリと目じりを下げながら、浴衣姿の胡桃を満足そうに眺めている。頰が赤い――暑さのせいか、いつもより酔いが廻るのが早いようだ。

《ヒュ〜……バンッバンッ》屋形船の真上で豪快に打ち上がる花火……ゆらゆらと揺れる水面が美しい。今夜はこのまま店に同伴する予定だった。制服着用のシュシュに「今夜は浴衣姿で仕事がしたい」と言ったらあっさりとOKが出た。№1の胡桃の要望が通らないことはない。

　頃合いを見計らって、一同は、花沢がチャーターした貸し切りバスに乗った。カラオケを唄い、酒を飲み、ちょっとした旅行気分を味わいながら、のんびりと大宮に向かった。

「えぇ～本日のNo.1は……40ポイントで胡桃さんです！　おめでとう」

毎日、営業終了後に行われる成績発表。

《パチパチパチパチパチパチ》胡桃はいつも通りペコリと小さく会釈した。

「皆も胡桃ちゃん見習ってお客さん沢山呼ばなくちゃ、クビも有り得る話だからね！」

続けて神野部長が、ダラけモードのキャスト達に活《カツ》を入れた。

指名一人につき1ポイント制。花沢の十八人の団体に飲み直し（伝票をもう一度切り直すこと、指名料金とセット料金を新たに支払うシステム）をさせて倍のポイントを取り、他にも数組の客が来た。胡桃はオープン以来、一日だってNo.1を逃したことはない。No.2が誕生日の日ですら、一度でも抜かれることが許せなくて無理して客を呼んだ。自分でも大人げないと思うくらいがむしゃらだった。

断トツの地位を築けば築くほど、そこから堕ちるのが恐くなる。


九月下旬の火曜日――

外は冷たい秋雨がシトシトと降り続いていた。ぐずついた天気のせいか、給料日だというのに店内は閑散としていた。胡桃も茂ちゃんと同伴した他に指名客がいなかった。

茂ちゃんを見送ると、胡桃は自ら進んで店名の印刷された銀色のパーカーを羽織り、南銀でビニール傘をさしながらビラ配りをした。まだ風営法のキャッチ（街頭に立ち、客を勧誘する行為）の取り締まりはさほど厳しくない時代だった。

「シュシュで〜す。如何《いかが》ですか〜？」

割引券の付いたビラを片手に、一人一人愛想良く声をかけていく。

「お疲れ様っ！　雨なのに頑張るねぇ」

黒い蝙蝠《こうもり》傘をさしたボーイの安部《あべ》が話しかけてきた。

「だってお客さん来ないんだも〜ん」

胡桃は傘をクルクル回しながら頰をぷっくりと膨らませた。

「胡桃ちゃんはNo.1なのに偉いよ！　美々《みみ》ちゃんなんか我儘で扱いづらいのなんのって……」

「美々？」

ロッカールームに張り出されている二店舗共通の成績表で、名前だけは知っていた。

美々は胡桃の四つ年上でラブ不動のNo.1。

ラブとシュシュは同じ階に店舗を構えており、廊下を挟んで右の扉がラブ左の扉がシュシュという風に分かれていた。胡桃はシュシュのNo.1だったから、名前だけは何となく気にかけていた。

「この間、ラブの方にボーイで入っていた時、美々ちゃんの名前わからなくてさぁ〜『お名前は何さんですか？』って訊いたら、『あなた私を誰だと思っているの？　こいつ使えないからクビにして！』って本人に怒鳴られちゃったよ！」

「へぇ〜キツイんだね！」

「同じNo.1でも色んなタイプがいるってことだよ」

安部はそう言ってスゥッと胡桃の隣に立ち、元気良く手をパンパン叩きながら、

「はいっそこの社長！　シュシュどうっすか？　若いギャルがいっぱいいますよ〜」

とキャッチを始めた。

このラブ不動のNo.1が後の【神田《かんだ》美々】だった。

胡桃は濡《ぬ》れたパーカーを手で払いながら、心の中に復讐以外の気持ちの存在を感じていた。それはキャバクラで働くやり甲斐なのか、誇りなのか、ただの意地なのか定かではない。けれど金と復讐以外に仕事に対して真剣に向き合っている自分がいた。

本来No.1はビラ配りなどしない。胡桃のようなタイプが珍しいのだ。胡桃は一日たりともNo.1の座を譲りたくなくてがむしゃらだった。

ビラ配りをして客が「じゃあ〜ちょっとこの店で飲んで行こうかな！」と入店すると胡桃に1ポイントがつく。全ては1ポイントのため、No.1を維持するプライドのためだった。

「おっ……姉ちゃんつくの？　おいくら？」

千鳥足の酔っ払い三人組が胡桃の前に立ち止まった。安部がビラを片手に料金を説明をする。

「胡桃ちゃんも一緒についてだって！」

「は〜い」

更衣室でパーカーを脱ぎ、身なりを整えてホールに出た。

「ところでここの№1は誰なの？」

ソファにどっかり腰を下ろした酔っ払いの一人が尋ねてきた。安部はその客に温かいおしぼりを渡しながら「胡桃さんです！」と隣に座って酒を作っている胡桃のことを指差した。

「えっ！　この子が№1？　寒そうに外に立っていたから、てっきり新人なのかと思ったよ。君は人気ないんだなぁ〜」

屈辱的な言葉だった。胡桃は怒りが表情に出ないように膝の上でライターをギュッと握り締めて耐えていた。酔っ払いは舐めるような視線を胡桃に送ってきた。

「指名を稼ぎたいんだったら、ここはもっと出さなくちゃ！」

そう言って、いきなり胡桃の胸の谷間に指を突っ込んできた。

「キャッ！」

「すみません！　お客様、当店お触りはNGなんですよ～」

安部が緩く注意を促した。

「アドバイスだよ！　ア・ド・バ・イ・ス～あはははははっ！」

酔っ払いは愉快そうに下品な笑みを浮かべていた。何も言えない自分がみじめで悔しかった。けれどこんな奴らでも3ポイントはありがたかった。

「いらっしゃいませ～胡桃さんご指名です」

タイミング良く章ちゃんが来た。胡桃はグラスに自分の名刺をのせてさっさと席を立った。

「クルクル何飲む？」

「今日アフターするからドンペリ入れて」

「えっ⁉　金あるかな～」

「あるくせに～！　ねえお願い。いいでしょ？」

章ちゃんの懐具合は知っている。車屋の割には意外と小金を持っているのだ。最近は財布の厚さで手持ちがいくらかわかるようになってきた。今夜は無性にドンペリを飲みたい気分だった。

結局、アフターでカラオケに付き合うことを条件に、章ちゃんにピンドンを入れさせた。

あいつらに見せつけるように、美味しそうにシャンパンを呷った。シャンパンの炭酸で酔いが一気に廻りはじめる。それでもハイペースで飲み続けた。
——あんな奴等に二度と馬鹿にされたくない
胡桃は少し意地になっていた。

十月十日——

珍しく、ラブの女の子と送りの車が一緒になった。

「美々ちゃ～ん、明日は何時に待ち合わせするぅ？」

後部座席で話し声が聞こえた。明日遊ぶ予定を決めているらしい。

「車出して、私が捺《なつ》ちゃんの家に迎えに行こうか？」

胡桃はミラー越しに初めて美々を見た。想像と違う……いたって容姿は普通だった。なぜNo.1なのか不思議だった。雰囲気が良いのか、話が上手いのか、余計に美々が気になってきた。

十月三十日——
アフターが二件入り、胡桃はロッカールームで慌ただしく私服に着替えていた。ロッカールームに張り出された成績表を眺める。
〈ラブ〉——No.1捺　No.2華恋　No.3葵

そこにあるはずの美々の名前がなかった。

「先週いっぱいで辞めたよ？」

人のはけたホールで旨そうに煙草を吸いながら、神野部長があっさりと答えた。

「何で急に辞めちゃったの？」

「『もっと待遇良くしろ』『時給上げろ』『あの女クビにしろ』とか色々煩かったからね！　結局上と揉めて逆ギレして辞めたよ。大して可愛くもないのに、とにかく我儘だったからね」

「ふぅ〜ん、そうなんだ」

——何だ、もっと見ていたかったのに
それにしてもこんなにボーイから嫌われる№1も珍しい。胡桃にとって、美々はまた新しいタイプの№1だった。

アフターへ向かう道すがら、どこからかリーンリーンリーンと寂しげな鈴虫の鳴き声が聴こえてきた。

小学校の時、自由研究の課題でケイトと一緒に鈴虫の観察日記をつけていた。実家の玄関先でプラスチックの虫籠《むしかご》に入れて、ナスやきゅうりを竹串に刺して世話をする。夜行性で鳴くのは雄《オス》、雌《メス》の関心を引くために美しい音色を奏でる。雄は交尾を済ませるとすぐに死んでしまう。雌は産卵のために旺盛な食欲で生き抜いていく。

【どの世界でも同じこと】

泣くのは男——生き残るのは女、心地の良いサイクル。

そしてまた松虫草の季節がやってきた。

第三章　洗礼

不夜城

部屋の暗い天井を眺めながら、胡桃は泣いている
独りぼっち
胡桃にぴったりの言葉
独りぼっち
どこか甘えたようにいじけていて寂しい言葉
中絶して、大輔に棄てられて、ジュエリーデザイナーになる夢を放り投げて、キャバクラの世界で生きることを選んだ
今では挨拶代わりに嘘をつく、客を騙す、借金させる、下心を金に換える
私は昔からこんなに残酷だったのだろうか？
もしかしたら燻《くすぶ》っていた何かが目覚めただけなのかもしれない
No.１で走り続けるしか自分の居場所が見つからない
胡桃は泣いている
明けてまた夜がきたらこんな弱音は吐けないから

将との一件以降、瞳は新たに胡桃として生まれ変わった
どんどん自分がなくなっていく、心が空白になっていく
最近はベッドに横たわり、こうして涙を流している時しか私は私に戻れない
金に執着し男に復讐を誓う胡桃
きっと誰よりも傷ついて
誰よりも愛情を求めている
わかっているんだ
普通の女の子が夢見るささやかな幸せ
そんなもの、もう自分には望めないってこと
薄汚れた世界に体ごとドップリ浸かってもう抜け出せない
《ハァ……ハァ……》荒々しい息づかい
胡桃を見下ろす真っ赤な眼
自分は商品と自覚した瞬間、胡桃の中で何かが弾けた――

「歌舞伎町？」

十一月の第一日曜日のことだった。家族で祝う、ささやかな胡桃の二十歳の誕生日。夕焼け雲を目で追いかけながら、近所の和風ファミリーレストランで予め注文してあった四人前の鮨を取りに行った帰り道、思いがけない人から電話がかかってきた。

『クルクル～！　大宮なんかで腐ってないで歌舞伎町おいでよ』

勝手に胡桃の履歴書を盗み見て連絡してきたとは思えないほど、チップスの元サブマネージャー山岡はノリノリだった。チップスを先月いっぱいで辞め、今は歌舞伎町のど真ん中にある高級キャバクラで働いているらしい。山岡とは殆どまともな会話をしたことがなかったけれど、若くて見てくれが良いので顔を覚えていた。

胡桃はシュシュで日々退屈に疲れ、過度なプレッシャーに疲れていた。オープン以来一日だってNo.1を逃したことがない。それは胡桃が断トツトップの証拠であり、守り続けなければならない大きな不安材料でもあった。目標がないのは生き地獄だ。そんな折の山岡の電話だった。まさに渡りに船——。

胡桃は貪欲《どんよく》なまでの野心家だ。No.1の地位が確立すると、違う環境で自分の力を試したくなる。その欲求はストッキングが伝線するかのように、みるみる胡桃の内に広がっていくのだ。いつの日か電車に乗って歌舞伎町進出を漠然と考えていた。それが今こうして現実となる。

虚《むな》しくて張り合いのない毎日から抜け出すいいチャンスだった。胡桃は〈シュシュ〉が休みの月曜日に、とりあえず山岡の話を聞く約束をした。

次の日の月曜日――

胡桃が実家を出たのは午後六時過ぎ。陽はとっぷり暮れて、薄暗い家並みに軽トラで石焼き芋を売りにくる親父の声だけが透き通るように響いていた。

春日部駅から東武野田線で大宮まで行き、そこから埼京線に乗り換えた。人がぎっしり詰まった満員電車に揺られながら、午後七時二十分に新宿駅に到着した。

「もしもし？　今着いたよ」

胡桃が新宿に来たのはこれが初めて。ましてや歌舞伎町など右も左も分からない。それにこの人混み――眩暈《めまい》がする。胡桃は山岡に新宿駅前まで迎えに来てもらうことにした。

「ねぇ～今どこで働いているの？　うちなら時給一万円出すけど」

山岡が胡桃を見つけるまでの十分間で、計四人のスカウトに声をかけられた。大宮よりも皆積極的で面も良い。流石は天下の歓楽街。

「やぁ、クルクル暫くぶり～！」

軽～いノリで山岡はやって来た。見てくれは良いのにナンパな感じが勿体ない。二人並んで歌舞伎町の人混みを歩く。少しでも離れると、スカウトがハンターのように胡桃目掛けて声をかけてくる。山岡と離れないように小走りに歩調を合わせた。吐瀉《としゃ》物と排泄《はいせつ》物と生ゴミの臭い――。

《カァーカァー》風林会館《ふうりんかいかん》の屋根から巨大なカラス達が、区役所通りを歩く胡桃を見下ろしていた。すれ違うヤクザ、水商売風の女、ホスト、オカマ、存在を消した浮浪者達。そして多数の中国、韓国、台湾、北朝鮮のマフィア達。ここが日本だということさえ曖昧《あいまい》に思えてくる。胡桃よりよっぽど街に馴染んでいるそれらの人種が、何ともいえない不思議な雰囲気を作り上げていた。

その店は風林会館を職安通りに上った路地の一角にあった。

ＣＬＵＢエデン――

地下へ続く豪華な造りの階段を下りて、黒い硝子《ガラス》の扉を開けた。

そこには今まで見たキャバクラのイメージを覆す、絢爛豪華《けんらんごうか》な世界が広がっていた。

「どう？　クルクル、大宮なんか糞《クソ》みたいなもんでしょ！」

山岡は軽い感じでニヤつきながら棒立ちする胡桃の肩をポンッと叩いた。

確かに糞みたいなものだった。

「私、来月からここで働く！」

ろくに話し合いもしないまま、まるで魔法にかけられたように胡桃はエデンで働くことを決めた。ギラギラした店――金の匂いが充満していた。執拗に胡桃の神経が高ぶった。

【喰うか喰われるか】

この街で胡桃はキャバクラ嬢として頂点を目指すのだ。

――どうせなら喰ってやる

胡桃の胸は切ないほどに締めつけられた。

胡桃は十一月いっぱいでシュシュを円満退社した。

「新宿で客を摑んで戻ってくる」――そんな適当な嘘をついて周りを信用させたのだから、胡桃の話術もたいしたものだ。後日受け取る給料も保証された。

でも代償もあった。太客の花沢社長が切れたのだ。

元々地元意識が強く、大宮で幅を利かせていたため、最初から胡桃の新宿移籍には難色を示していた。

「いい加減ヤラセろ！」

そしたら通ってやる――とでも言うように、その日アフターで胡桃をラブホテルに誘ってきた。

「無理だよ」

胡桃は断った。歌舞伎町には花沢とは比べものにならないギラギラした金持ちがいるのだ。ここで体を張るべきではない。

「じゃ俺達の関係も終わりだな」

そして花沢は胡桃から去っていった。花沢から貰ったブルガリのブレスレットだけが、名《な》残《ご》り惜しむように胡桃の手元でキラキラと輝いていた。

十二月一日——歌舞伎町デビューの日

胡桃はお気に入りのワインレッドのワンピースを着た。赤は№1の色、情熱の色。パワーストーンのネックレスを首からさげる。このアクアマリンは、夜になると一層美しさを増すことから別名を【宝石の夜の女王】と呼ぶ。富と幸せの象徴。部屋の窓から月の光にアクアマリンを翳して石を清めた。気休めだけど、きっと自分に力を与えてくれると信じて。

ベートーベンと大宮で待ち合わせて、そこから埼京線に乗り込み新宿へ向かった。

午後七時三十分——新宿駅に着いた。普段なら気の利いた小料理屋にでも入るのだけど、新宿の街を全く知らない胡桃達は、店からも近くてわかりやすい風林会館の喫茶店に入った。

当時のパリジェンヌはまだ改装される前で、そこだけで歌舞伎町を象徴していた。広々とした店内に贅沢なシャンデリアと高そうな水槽が飾られ、蒼いベロアのソファとヨーロッパ調の壁紙が歴史の古さを感じさせた。サラリーマンなど一人もいない。見渡す限り柄の悪いヤクザばかりだった。

「兄ちゃん、お前誰の席に座ってんだ？」

「あっ！　すいません……」

どうやら指定席があるらしく、気弱そうなホストを退かせてドッカリと胡座をかいていた。

「早く食べてとっとと出よう！」

焦りながら胡桃は長細いメニューの中から明太子スパゲティーを、ベートーベンは特選御膳を頼んだ。意外なほど美味しかった。割高な会計を済ませて、午後九時にエデンに入った。

「いらっしゃいませ一名様ぁ〜」

黒いスーツに蝶ネクタイ姿のボーイに案内されて、一番真ん中のボックス席に座った。

広々とした店内にカウンター席とボックス席、奥にゆったりとしたＶＩＰ席があり、敷地面積は約七十坪。元々ここには大規模なカジノがあったらしく、派手なシャンデリアと細かい彫刻が施された内装の豪華さが、当時の景気の良さを連想させる。五百万円はするであろう大きな水槽には、アロワナが銀色の鱗《うろこ》をなびかせて優雅に泳いでいた。

「胡桃……ここいくらくらい？」

胡桃が身支度をしに席から立ち上がると、ベートーベンが心許《こころもと》ない声で尋ねてきた。完全にビビッている。

「わかんない、だって今日が初日なんだもん」と無責任な返事をしてさっさとトイレに向かった。

――いくらでもいいじゃない
足りなくなったらまた近くのキャッシュローンで借金をすればいい話だった。

胡桃はトイレ脇の小さなスペースで化粧直しをした。こんなに豪華な店なのに、カジノの名残りで更衣室なるものは存在していなかった。手短に支度を済ませて、荷物を蝶ネクタイをしめたボーイに預けた。

「クルクルよく来たね〜！　ベートーベンは変わんねぇーな」

チップスの頃を懐かしむように、キャッシャーで煙草を吸っていた山岡は嬉しそうに微笑んだ。

「俺、席に挨拶してきていいかな？」

「うん、何か不安がっていたから店の料金教えてあげて」

「オッケ〜！」

ベートーベンは山岡を見るや否や驚きと同時に安堵《あんど》の表情を浮かばせて、歓喜の雄叫《おたけ》びをあげた。

「嘘っ？　山岡君？　久しぶりじゃん！　嬉しい〜」

山岡を自分の隣に座らせて、ヘルプの存在を無視するようにあれやこれやと喋り始めた。よっぽど心細かったのだろう。胡桃はキャッシャーでそれらを眺め、山岡が一通り料金説明を終えたのを見計らって、ベートーベンの席についた。

エデンは当時の歌舞伎町でも一、二を争う高級キャバクラだった。ＴＡＸが三十パーセント——普通に指名して何もオーダーせず一時間ハウスボトルを飲むだけで二万円以上かかった。三人の再会を祝してモエシャンをオーダーした。高くもなく、かといってカクテルほど安くもない。ベートーベンを安心して酔わせるにはちょうど良い酒だった。

二十分経って——付け回しの佐々木《ささき》店長にキャッシャーに呼ばれた。

「今日の来客予定はどんな感じ？」

売上高を計算しながら俯きがちに話す佐々木は、三十前後で背が高くなかなかのイケメンだった。

「今日は同伴しか呼んでいません。新宿で新しくお客さん作りたいからフリーに回りたくて」

「そうだな……よ〜し、じゃあ早速一組つこうか！」

佐々木は胡桃の背中に軽く手を添えて、一番奥のＶＩＰ席に陣取る常連風なヤクザの団体の席へ案内した。

「お話中失礼致します！　本日から入店の胡桃さんでーす」

《シー……ン》睨みつけるようなヤクザの視線が胡桃に突き刺さる。

「こっちこっち、ここに座んなよ」

姐《あね》さんのような風貌の女性が、胡桃のことを手招きした。一番年嵩《としかさ》に見える、恰幅《かっぷく》のいいヤクザの横に座っている。

「はっ、はい」

足がぶつからないように、胡桃は細心の注意を払いながら、恐る恐るヤクザの間を通り抜けた。

「キャッ⁉」

いきなり誰かにお尻を鷲摑《わしづか》みされた。

「姉ちゃんの尻プリップリやな！」

「おう、お前今晩兄貴の相手するか？」

「3Pでも構わんで」

《ガハハハハッ……》下品な笑い声と野次が飛び交う。

「ちょっと～！　新人からかったらまた辞めちゃうじゃない。うちの店、キャストの定着率悪いんだから」

「沙織《さおり》が苛めてるんちゃうの？」

「バーカッ！」

――この人沙織さんていうんだ
胡桃は言われるがままに沙織の隣に腰を下ろした。

「あんたいくつ？」

「先月で二十歳になりました」

「あらっ若いのね！　ここはこんな客ばっかりだからやり辛いけど、頑張りなさいよ」

沙織はそのままプイッと胡桃に背を向けて隣のヤクザと喋り出した。

「今夜、俺とベッドの上でアフターしようぜ」

耳元を不快な声が走り抜ける。薄気味悪い笑いを浮かべたヤクザが、胡桃のお尻や胸を躊躇いもなく揉んでくる。胡桃は佐々木に助けを求めて視線を投げた。佐々木はそれを避けるように視線を外し、どこかへ消えてしまった。

――薄情者！

ヤクザは胡桃を抱き寄せて自分の膝の上に乗せた。

「ここはどうなってるかな～？」

乾いた笑いを浮かべながら、胡桃のスカートの中に勢い良く手を入れてきた。

人を見下ろせる場所

《バチンッ》胡桃は膝の上から立ち上がり、ニヤついたヤクザの頬《ほほ》を思いっ切りひっぱたいた。それは条件反射的で、考えるより先に手が出てしまった感じだった。

——やばい！　やっちゃった
その男は目を真ん丸に見開き、驚いた表情で自分の頬に手をあてた。その時に気づいた
——この男小指がない。

「このアマッ何しやがる！」

ヤクザの口から勢い良く唾《つば》が飛んだ。

「いい加減にしてよ！　やり過ぎなのよ！　変態っ」

自分でも驚くほどの大声をあげた。

「おい姉ちゃん、調子乗んなよ？　兄弟侮辱して、女だと思ってただで済むと思うなよ！」

薄い色のサングラスをかけた細身のヤクザが、顎をしゃくり胡桃にジリジリと近寄ってきた。

「このアマッ、この場で輪姦《まわ》しちまうぞ！」

胡桃は肩をどつかれ、よろけるようにソファに座った。

――絶体絶命だ
いかにもチンピラ風の血の気が多そうなヤクザが三、四人胡桃の前に仁王立ちになった。

「………」

胡桃はその場に座ったまま、周りを取り囲むヤクザ達を真っ直ぐに見据えていた。その様子を黙視していたボーイやキャスト達がハラハラするほどに堂々と。若さ故の愚かさ？　怖いもの知らず？　いや酷く恐ろしかった。正直体が動かなかった。威勢の良い態度とは裏腹に、心は酷く狼狽《ろうばい》していた。

――おいおい何しているの？　何こんなに恐い人達に盾ついているの？　怖い、逃げ出したい！

「ほらっあんた謝りなさい！」

一連の様子を隣で見ていた沙織が、胡桃の肩を揺さぶった。

「だって本当に嫌だったんです……」

「てめぇ殴られてぇのか？　そんなに甘ったれたこと抜かしてるんだったらな、さっさとこんな仕事辞めちまえよっ！」

チンピラ風のヤクザが、今にも殴りそうな勢いで胡桃の右腕を食い込むほどに力強く掴んだ。胡桃が何か一言発しただけで、この男は躊躇うことなく胡桃に手をあげるだろう。それほどに殺気立ち、血走った目をしていた。

「まぁ〜そこら辺にしとけ」

ずっと沈黙を守っていた恰幅のいいヤクザが口を開いた。低く、静かで、剃刀《かみそり》のように鋭い声——。

周りが一瞬のうちに静まり返る。この人がボスなのだ。

「姉ちゃん、今回はうちの組の若いもんがふざけてあんたに迷惑かけたね。あんたも皆の前で平手打ちした訳だしスッキリしただろう？　けどな、あんまり気が強いとあんたが損するぞ？　今日は身内飲みだから構わないが、面子《メンツ》が面子なら私も女だからって黙って引き下がる訳にもいかない。わかるだろう？」

組長は胡桃の顔を威圧的な目で覗き込んだ。

「……すみません」

組長の言葉には重みがあり、纏わりつくような薄気味悪い恐怖を感じた。

「よっしゃ！」

組長は胡桃の膝《ひざ》をポンポンと軽く叩き「チェックだ」と言ってボーイに伝票を持ってこさ

せた。

「おいっお前等、カシ変えて飲み直すぞ！」

《チッ！》付き添いのヤクザ達はいかにも機嫌悪そうに床に唾を吐き棄て、胡桃を睨むというよりもガンをつけながらぞろぞろと店を出ていった。

——はぁ、助かった
胡桃はホッと胸を撫で下ろして、カウンターの椅子に崩れるように腰を下ろした。ベートーベンが水割りの入ったグラスを口につけながら、心配そうにチラチラ胡桃の様子を窺っている。その視線を背中に感じて、胡桃はすぐに戻るから——とジェスチャーを送って、カウンター席に座りながら気持ちを落ち着かせていた。

怖かった。ヤクザ相手になんて無謀なことをしたんだろう。信じられない。あの時、組長がおさめてくれなかったら今頃は——考えるだけで背筋の辺りがゾッとした。

「クルクル大丈夫だった？」

山岡がひょっこり胡桃の顔を覗き込んだ。

「こういうの馴れてるから」

嘘をついて平静さを装った。

「ふぅ〜ん逞《たくま》しいね！　けど危ないから、ああいう人達にあんまり歯向かったら駄目だよ」

「うん」

そんなこと十二分にわかっている。

「ベートーベンずっと放置してるから、そろそろ席に戻った方がいいんじゃない？」

胡桃は小さく頷いて席に戻った。膝が笑って上手く歩けなかった。

「今夜は飲みたい気分だな」

ベートーベンの手をそっと握って艶っぽい視線を送った。

「俺にも何か良いことある？」

「酔ったらコウちゃんが欲しくなるかも……」

耳元で魔法の言葉を囁いて、ベートーベンに近くのキャッシュローンで、金を作りに走らせた。そのお金でドンペリを入れた。シャンパングラスに注がれたドンペリを一気に飲み干した。何ともまずい酒だった。けれど飲まずにはいられなかった。

「ここのセット料金っていくらだっけ？」

ベートーベンは隣で金の計算ばかりしていた。

「ちょっとあんた！」

帰り際に沙織と真由美《まゆみ》に呼びとめられた。二人とも三十半ば過ぎといったところ、キャバクラよりもクラブの雰囲気を漂わせていた。洗練されているが、首の皺が実年齢を隠しきれていない。

「はい？」

胡桃はキャッシャーで受け取った鞄をカウンターにのせて、何となく重い足取りで二人の元へ近寄った。

「さっきの態度は何？　お客さんにあんな失礼なことして！　あの人は私のエースなのよ？　あんたのせいで怒らせちゃったじゃない」

腕組みをしながら沙織が声を荒らげた。それに同調するように、真由美が非難の眼差しを胡桃に向けてきた。

「すみません、でも……」

「何、口答えする気？　あんたみたいな役立たずが、なんでエデンに入れたのかしら……触られるのが嫌ならとっとと辞めちゃいなさいよ！」

真由美が憎らしい澄まし顔で罵《ののし》った。

「もし来なくなったらあんたの責任だから！　そんなことになったら絶対許さないからねっ！」

沙織は胡桃をゴミを見るような冷たい目で睨みつけた。

いた。

《フンッ》二人はくるりと踵を返して、佐々木店長のもとにかけ寄り、胡桃の文句を言っていた。

不快な金切り声がチラチラと耳に入る。胡桃はその場から逃げるように鞄を抱えて表に飛び出した。

十二月の身を切られるような寒い夜だった。さらされた生足に夜風が吹き付ける。一瞬にして全身に鳥肌が立った。

——憎らしい！　あいつら全員殺したい！　酷い……私は玩具じゃない

「ねぇねぇ、初回二時間飲み放題五千円だけど、今からちょっと寄っていかない？」

寄生虫のように湧いてくるキャッチのホストを無視しながら、区役所通りで渋滞を巻き起こしているタクシーに乗り込んだ。こんな日に送りの車でなんか帰りたくはない。誰と顔を合わすかわからないし、送りの運転手だって「春日部まで」なんて言ったらあからさまに嫌な顔するに決まっている。

「春日部まで」

タクシー運転手は驚いた顔で身体を捻《ねじ》り、胡桃の顔をマジマジと見つめた。

「あの、どこって言いました？」

「聞こえないの？　春日部までっ！」

胡桃は大声で吐き捨てるように言った。苛々していた。運転手に八つ当たりしてしまうほど機嫌が悪い。

「はっはい。ええっと……詳しい住所がわからないもので、途中で道を教えて頂けますか？」

白髪交じりの中年ドライバーはたどたどしい様子で尋ねた。都合の良いことに、何とも気弱で頼りない感じのドライバーだった。胡桃は自分でもいやな女と自負するくらい、いちいち人を小馬鹿にしたような態度で大雑把《おおざっぱ》に説明した。

所要時間一時三十分の長いドライブ。財布の中にあった一万八千円が一瞬のうちに消し飛んだ。中年ドライバーに偉そうな態度を取った分、部屋に戻るといくらかはマシな気分になっていた。

——それにしてもムカつく
絶対に辞めるものか。あいつらの思い通りにはなりたくない。

胡桃は膨れっ面になりながらも、明日の同伴相手に待ち合わせの時間と場所をメールした。鞄からヴィトンの手帳とボールペンを取り出して、メモのスペースが空いたカレンダーに、今日連絡先を交換した客の名前と誕生日を記入した。

【エデン売上表～十二月分】とタイトルが付けられたルーズリーフを取り出して、今日同伴

したベートーベンの名前と売上、ポイント、場内指名、勤務時間などを細かく書き綴ってい
く。月毎《ごと》にまとめトータル売上と指名数などを見比べる。どんなに飲んで帰ろうと、どんな
に気分が悪かろうとエルセーヌの頃から変わらない胡桃の裏方作業だった。
　次の日、例によってパリジェンヌで簡単な食事と割高な会計を済ませて、午後九時に林社
長と同伴した。荷物を預けようとカウンターを横切ると、ゴージャスな黒い毛皮のコートを
羽織った女性とすれ違った。振り返って二度見する——美々だった。あの時、大宮で送りの
車の中で見かけて以来だったけど確かに美々だった。
——こんなところで会うなんて
　山岡を問い詰めた。
「あれ？　美々ちゃんと知り合いだったの？　そういえば前は大宮で働いてたって言ってた
なぁ……」
　まさか美々が歌舞伎町で働いているとは思わなかった。しかも偶然にも同じ店で。美々は、
二十四歳という年齢にそぐわないほど立派な黒いミンクのコートを羽織っていた。
「あっ久しぶり！　シュシュの胡桃ちゃんでしょ？　ここに入店したの知っていたよ。私も
まだ二ヶ月目だけど宜しくね」
　いきなり話しかけられて驚いた。一言も話したことがないのに、美々は胡桃を知っていた。

胡桃が入店してあっという間に二週間が経過した――

あの日以来、組長達の姿は見ていない。沙織や真由美のあからさまな悪口にも、何となく耳が馴れてきた。女子トイレに張り出される成績表を眺める。

No.1真由美　No.2美々　No.3沙織　No.4胡桃　No.5渚

胡桃は一日二組程度しか呼んでいない。フリーに回るためだったけれど、それでも毎回十〜二十万は遣わせていた。

大宮なら簡単にNo.1になれたはず。新宿はそれだけ売上も女のレベルも高いということか。

――勝てない、今のままでは

唇を嚙み締めた。

その日は山岡の付け回しで、エデンによく飲みに来る常連客のボスについた。

冴木《さえき》というその小男は、仕立てのいいスーツを着ていて、話し方も穏やかだった。とても闇金《やみきん》を二十数店舗も束ねているオーナーとは思えない。

「赤ワイン飲みたいな」

冴木の一言で注文したロマネ・コンティ一本百五十万円也。それは初めて見る深みのある赤だった。ワインレッドとはロマネ・コンティのためにある言葉かもしれない。味は、飲みやすかったとしか覚えていない。まさに豚に真珠だ。

――こんな人が私の客だったらな
それらしくワイングラスを回しながら思いを巡らせていた。

神様は悪戯好き――

チャンスはいきなりやってきた。

「君新人？　可愛いね」

きっかけは冴木の方から作ってくれた。ただラッキーだったとしか言いようがない。

「雰囲気が元彼《もとかの》に似てるなぁ」

冴木が胡桃を気に入った理由はそれだけだった。

「明日出勤前に焼き肉食おうぜ」

冴木に同伴を誘われた。

次の日、歌舞伎町のど真ん中にある焼き肉店の個室で二人だけで食事をした。

「俺、育ちが悪いから食い方が汚いんだよね」

冴木のセーターに撥ねた焼き肉のタレを、胡桃が丁寧におしぼりで拭いてやった。

「あぁ、ありがとう」

冴木は照れ屋で可愛い人だった。その次の日もその次の日も冴木は時間がある日は必ずエデンに飲みに来た。会うたびに親密になり、社員の前で胡桃を彼女のように扱った。

結果胡桃の売上は飛躍的に上がった。入店一ヶ月目にして胡桃は№2にまで昇り詰めた。

「おめでとう！　クルクル頑張ったね」

山岡が小さな額縁に入った成績表のコピーをプレゼントしてくれた。オレンジ色の蛍光ペンで胡桃の名前にラインが引いてあった。「ありがとう」。胡桃はそれを鞄に押し込んで店を出た。

夜風を避けて歩きたくなるほど寒い夜だった。胡桃はビルとビルに挟まれたタタミ二畳分の夜空を見上げた。

雲一つない真っ黒い空だった。こんな繁華街じゃネオンの光にかき消されて星が見えない。──春日部だったらどんなに星が煌《きら》めいて見えただろう
大人になると皆星空なんて見なくなるのかもしれない。目の前にあることを片付けることに精いっぱいで、空を眺める余裕なんてなくなるのかもしれない。

幾ばくかの寂しさを感じながら、視線を下ろしてエデンの真向かいのビルに設置されている自販機に向かった。その横で、薄っぺらいジャンパーに汚れた茶色のニット帽を被った浮浪者が寒そうに蹲っていた。歌舞伎町ではよく目にする光景──。

胡桃は自販機の口に小銭を放り込みながら「お父さんは何飲む？」と問いかけた。

「俺か？　ホットコーヒー……」

胡桃は缶コーヒーを二本買って、その一つを浮浪者に手渡した。

「ありがとう」

浮浪者は皺と垢に埋もれた顔に缶コーヒーを当てて暖をとっていた。

――ありがとうか
胡桃は一時の優越感を感じていた。自分より立場の弱い者に対する、偽善というよりは優越感だった。

昔、トラックの運転手はなんであんなに強気で偉そうにしているのだろうと考えたことがある。高い運転席から人を見下ろすのは気持ち良く、自分がちょっとばかり偉くなったような錯覚を覚える。それが自然と自分の性格にも出てしまうのだ。胡桃にもそれと似た思いがあった。

胡桃はパークハイアットの最上階から東京の夜景を見下ろしていた。

――みんななんてはかない存在なんだろう
人がゴミみたいに小さく見えた。

胡桃はそれ以降、同伴を好んで高層ビルのレストランでするようになった。くだらない自己満足、一時の優越感を感じるために――。

枕

No.1美々　No.2胡桃　No.3真由美　No.4沙織
あの日山岡から貰った成績表。暫く眺めてからごみ箱に放り込んだ。

《ゴトンッ》虚しい音が静かな室内に響き渡る。

──No.1じゃなきゃ意味がない
胡桃は満たされない優越感を、浮浪者に缶コーヒーを買ってあげたり、都内の夜景が一望出来る高層ビルのレストランで、景色を見下ろしながら食事を楽しむことで補っていた。一時の錯覚を味わうために。No.2なんてビリッケツと変わらない。「頑張ったね」なんて皮肉としか思えない。

やっぱり冴木しかいない。胡桃をNo.1にしてくれるのは冴木しかいない。

今まで同伴以外で冴木と外出したことはなかった。冴木は店の中だけの付き合いで胡桃を彼女扱いした。そうゆう客は意外と多い。

二つのパターンがある。彼女といっても店以外の付き合いはせず、店の中だけで疑似恋愛を楽しむもの。消極的なベートーベンタイプ。

彼女なのだから当然のことのように身体の関係を求めるもの。強引な花沢社長タイプ。どちらも最終的なゴールはセックスすること。それが遠回しか、そうでないかの違いだった。

冴木は後者だった。たまたまタイミングが悪かったのと、自分の中でまだ多少の迷いがあったために、それが何となく先延ばしになっていた。

――後は完璧なのに

土日は連絡を取り合うこともなかったし、同伴も頼めば必ずしてくれた。頼まなくても土曜を抜かした週四日は必ず飲みに来てくれる。冴木は百パーセント胡桃の都合に合わせてくれるエースだった。

――店の中では彼女なんだし、あんまり重く考える必要もないのかな

最終的に美々との一騎打ちになった。何がなんでも美々を抜きたい。胡桃がシュシュにいた頃から何となく比べられていたし、自分の実力を試してみたかった。

誰かに負けるなんて認めたくない。絶対に――。

師走の第三火曜日――

胡桃はアフターで冴木と歌舞伎町のど真ん中にあるラブホテルリッツに入った。驚くこと

にVIPルームがあり、百畳ほどの部屋にジャグジーとサウナ、小さめのプールまでついていた。派手好きな闇金やキャバクラ嬢が好みそうな、豪華で贅沢な部屋だった。

「先にシャワー浴びていい？」

《ジャー……》熱めのシャワーにうたれながら、備え付けのボディタオルで丁寧に身体を洗った。

——緊張する
酒の力でごまかせないほど。自分がこんなにウブだったなんて——。

半乾きの髪を左手で纏めながら、白いタオル地のガウンを羽織ってリビングに戻った。

間接照明で薄暗い室内。ムーディーな音楽が気持ちを高ぶらせる。冴木はキングサイズのベッドにトランクス一枚になっておもむろに煙草を吸っていた。

「こっちにこいよ」

胡桃のガウンの紐をゆっくりと解いていく。馴れた手つきで素早く下着を脱がされた。いきなり部屋の明かりを全灯にする。

「お前の顔見える方が興奮する」

《ハァ……ハァ……》荒々しい息づかい。胡桃を見下ろす酒で血走った目。酒と煙草と汗の匂い。

冴木が胡桃の上で腰を振る度《たび》に、三十歳という年齢にそぐわないぽっこり突き出たお腹がプルプルと揺れる。なんだか親父と援交しているような妙にエロティックな気持ちになった。

初めて枕という愛のないセックスをした。もうこれは夢じゃない、胡桃は自ら進んで深い闇に堕ちていく。不思議と後悔はなかった。どこかふっ切れたような諦めに似た気持ちがあるだけだった。

隣で寝息をたてている冴木がベッドの軋みで起きないように、静かに起き上がり広々としたジャグジーバスに浸かった。七色に光るライトが規則正しく点滅していた。

朝の十時に受付から電話がかかってくるまで、二人とも酒とセックスに疲れて熟睡していた。一時間延長してホテルを出た。

「一人で帰れる？」

真っ昼間の歌舞伎町――サングラス越しの太陽が目に染みる。リッツの前で冴木から二万円のタクシー代を渡されて別れた。歌舞伎町はどの通りからでもタクシーが拾える。この時間帯は、酒に酔ったホストと風俗嬢と巨大なカラス達が爽やかとは言い難い昼の雰囲気を醸し出していた。それらの視線を避けるように素早く流しのタクシーに乗り込んだ。

春日部まで一時間三十分の長いドライブ。最近電車に乗ることがダサいと思うようになってきた。エデンのお姉様方の影響だ。何かの雑談の折、不意に通勤の話になった。

「電車なんかもう何年も乗ってないわ」「それが普通よ。電車なんて貧乏臭い」

「タクシーの方が便利だし足がわりね」

そんな会話を小耳に挟んでからだ。

――そろそろこっちで部屋探さなくちゃ
タクシーに揺られながら、窓越しに流れる町並みを眺めていた。もうすぐクリスマス――デパートの玄関口にキラキラと飾りつけられたモミの木を見て、何だか胸が詰まりそうになった。忘れていた孤独を思い出す。《ハァー……》胡桃はマフラーに顔を埋めてゆっくりと目を閉じた。


冴木とはそれから幾度も身体を重ねた。その度に部下を大勢引き連れて、惜し気もなくシャンパンやワインを頼んだ。冴木はエデンで一番金を落とす客に成長していった。枕は成功したと言えるだろう。胡桃は大船に乗ったような気でいた。

「あの二人、絶対やってるよね」

いつからか胡桃と冴木の関係が店中の噂になっていた。陰口は日を追う毎にエスカレートした。一人に枕営業すると、全ての客に体を提供していると思われる。胡桃は店の中でさらに孤立していった。

No.１胡桃　No.２美々　No.３沙織　No.４渚
エデンに入店して二ヶ月目で胡桃はNo.１になった。

「枕営業でNo.１になった売春女」と皆に汚名を着せられようとも、水商売は結果が全て。いいではないか——友達を作るためにキャバクラで働いている訳ではないのだから。

「クルクルNo.１おめでとう」

山岡がまた縮小コピーして額に入れた成績表をプレゼントしてくれた。

「ありがとう」

今度は心の底から喜んだ。

胡桃は送りの車で部屋に帰ってから、貰った成績表を取り出して顔を綻ばせながらチュッとキスをした。

——ようやくNo.１になれた
優越感と達成感で心が満たされる。ベッドのサイドボードに堂々と成績表を飾った。

——今夜はいい夢が見られますように
復讐から始めた水商売が、少しずつ胡桃の生き甲斐に変わっていった。

一月末の水曜日——

エデンに新しく華恋《かれん》が入った。美々と同じ年で大宮のラブでは№2、3を争っていた売れっ子だ。不思議な出会いだ。広い新宿の数ある店の中で、エデンに大宮時代の知り合いが二人も働いているなんて。

一難去ってまた一難――。

エデンではナンバークラスを集めた【ダンスショー】をやることになった。以前は毎月行われていたイベントらしい。元々エデンはショークラブなのだとその時初めて聞かされた。必然的に№1の胡桃はメインで踊ることになった。他にも美々、華恋、古株のミリとサツキ、プロのダンサーの明菜《あきな》、涙《るい》というメンバーが決まった。胡桃以外、皆プロアマ含めてダンスの経験者だった。昼の二時〜六時迄《まで》、ダンスの講師に振り付けの指導をしてもらった。

「胡桃〜動きが鈍い！」

「はいっ！」

「皆とタイミング合わせなさい！」

「すみません、もう一度お願いします」

《クスクスクスッ……》

胡桃は一番下手くそだった。未経験なのだから当たり前だ。他のメンバーの冷ややかな視線を浴びながら、毎日同伴の時間ギリギリまで講師とマンツーマンのレッスンが続いた。半月練習して二週間ショーをする。それが毎月同じサイクルで繰り返されると思うと、更に気が滅入《めい》った。

胡桃は冴木とアフターの約束がない日は真っ直ぐに帰宅した。自分の部屋の姿見と向かい合って、焼いてもらったCDをかけながら朝まで練習に励んだ。

携帯の着信音で目が覚めた。担当の山岡から電話だった。

『急で申し訳ないんだけど、クラブアフターの取材があるから、今日の練習が終わったら撮影させてくれる？』

「ふぁ〜……うん？」

『良かった。じゃ、雑誌デビュー頑張ってね』

寝ぼけた頭で電話を切った。

《ファ〜……》大きな欠伸が出た。

——体が怠い
全身が酷い筋肉痛だった。

「よいしょっ」。胡桃はベッドに沈んでいた重い体を無理矢理起こして、スリッパを引っ掛けながらリビングに向かった。

「うぅ〜寒い！」

熱めの珈琲を淹れて体を目覚めさせる。
『クラブアフター』は発行部数八千部程度の業界誌だった。主に池袋、新宿、六本木の有名キャバクラ嬢が名を連ねて載っていた。それに出れば宣伝になる。業界にも顔が売れる。
――夢が少しずつ現実になっていく
胡桃は何となく浮足立っていた。

「痛っ!?」

いつも通りダンスシューズに履きかえようとした時だった。白い靴下がじんわりと血で赤く染まっている。画鋲《がびょう》だった。ご丁寧に両足共三本ずつガムテープで張り付けられていた。

――誰がこんなこと
周りを見渡しても皆素知らぬ顔。胡桃は敵が多い。誰かじゃなく、皆が犯人なのかもしれない。小学生レベルの苛めに舌打ちしたい気分だった。ヒヨコヒヨコ歩いて薬箱からバンドエイドを二枚取り出し、とりあえず応急処置をした。

「胡桃、足上がってないよ！　もう一度初めから」

「すいません」

――せっかく覚えてきたのに

傷口が気になって上手く踊れなかった。悔しくて唇を嚙み締める。

雑誌の撮影が入るギリギリまで、胡桃は一人居残りレッスンを強いられた。バンドエイドから血が溢れて足の平がヌルヌルと滑った。洗面台で血を洗い流して新しいバンドエイドを張りつけた。

《カシャッ……カシャッ》

「はいっ目線こっちね～」

初めて撮った名鑑写真。モデルになったような気がして胸が高鳴った。バストアップと全身写真を何枚か撮って、簡単な経歴書のような紙を書かされた。

翌月に発売された『クラブアフター』の片面半分に【Ｃｌｕｂ－エデン－胡桃】と紹介された。写りの方はイマイチだったけど、一気に有名人になったような気がして嬉しかった。宝物を抱えるように大事に部屋に持ち帰り、何度も何度も読み返しては赤面し、鏡を見ながら可愛い写り方の研究をしていた。

今日のエデンは妙に活気に満ちていた。ボーイや古株のキャストまでそわそわと落ち着かない。

「胡桃ちゃんに紹介したい人がいるんだ」

付け回しの佐々木店長に導かれて、ＶＩＰ席に座るフリー四名についた。皆首が太くて体格がいい。

「初めまして、胡桃です」

「あぁ、君がこの店の№１なんでしょ？　宜しくね」

透き通った瞳と白い歯が印象的な人だった。

「あのぅ～お名前聞いてもいいですか？」

「あっ俺？　千堂《せんどう》」

当時、セ・リーグのフェニックスで打率トップを誇っていた千堂選手との初対面だった。

プロ野球選手

千堂はよく笑い、よく喋り、よく酒を飲んだ。初めて見るプロ野球選手は、そこにいるだけで周りがパァッと明るくなるような華々しいオーラがあった。
——お父さんが知ったら羨ましがるだろうな
中田家は家族揃って熱烈な巨人ファンで、それが高じて孝雄は数年間地元の少年野球のコーチを務めていた。弟のケイトはそのチームのピッチャーを任されていた。『レッドホークス』は万年最下位の弱小チームだったけど、ケイトは試合が近づくと走り込みや孝雄の帰宅を待って家の脇の小さな路地で熱心にキャッチボールをしていた。プロ野球が夏のシーズンを迎えると、孝雄は「よ〜し！　今夜は松井秀喜《まついひでき》のホームランを見るぞ！」とスイカにかじりつきながら、父親という立場をフル活用してテレビを独占してしまう。

「もうっ！　一番テレビが面白い時間帯なのに」

夜七時から始まるナイター中継は、胡桃にとって鬱陶しい夏の風物詩だった。その煩わしさを除けば、たまに家族で行く東京ドームの試合観戦も、ケイトに毎回負かされる『みんなの野球』のテレビゲームもそれなりに楽しかった。

場内指名を貰い、千堂と連絡先を交換して、皆の羨望とも妬《ねた》みともとれる視線をチクチク浴びながら夢のような時間を過ごした。

【背番号三十一　千堂】

キープボトルの麦焼酎には、いかにも誇らしげにネームプレートが下げられていた。

その日、胡桃は実家に帰るなりガサガサとクローゼットの中の《野球中継》と黒いマッキーで記された段ボールに手を伸ばした。山積みになった録画ビデオの中から【巨人×フェニックス】戦を引っ張り出した。千堂選手はその試合でも四打数二安打という好成績で、打率は三割三分二厘。流石は年俸数億円プレイヤーだ。

——へぇ～本当に凄い人なんだ

胡桃は改めて自分が今まで出会い、共に過ごしてきた客達と、世間一般に知られているプロ野球選手との格の違いみたいなものを感じた。特に歌舞伎町に関していえば、ヤクザ、チャイニーズマフィア、カジノのオーナー、最近羽振りの良い闇金融、ホストや同業者などのいわゆるアウトローな客筋が多かったからかもしれない。相手の素性すら定かではない裏社会で生きる者達。そしてこの国を陰で操っている者達。

千堂は全てを持っている。社会的地位も名声もそして勿論現金も……。

——こういう人を客にしたら美味しいな

胡桃は性的快感にも似た体が奮い立つようなゾクゾクした興奮を覚えた。

翌日、市役所から日暮れを知らせるメロディーが流れる頃、千堂に電話をかけた。

「エデンの胡桃です！　昨日はご馳走さまでした」

『あぁ～……はいはい！　覚えているよ。こっちこそどうもね』

「千堂さんスーパースターだから、皆に嫉妬《しっと》されちゃいました」

『あっそぅ？　そりゃどうもっ』

「今週は忙しいですか？」

『うぅ〜ん、練習はあるけど夜は空いているよ？』

「私、今日からショーで踊るんです！　一応メインだから良かったら見に来てくれませんか？」

『へぇー！　でも俺なんか呼ばなくたって№1だし、お客さんいっぱい来てくれるんじゃないの？』

「ううん、千堂さんに見てもらいたいの！　スターに見てもらうと鼻が高いし、いつもより百倍頑張れそうな気がするから」

『おぉ〜嬉しいこと言うねぇ！　まぁ、皆に予定聞いてなるべく顔出すようにするよ』

軽い口約束を交わして電話を切った。

――もう失うものは何もない
必要とあればこの身体を差し出してもいい。歌舞伎町で成り上がるための、それが自分の糧になるなら。女としての武器を最大限に使って私は今までのし上がってきたのだから――。

《クラブ　エデン〜スペシャル〜ショータイム〜♪♪》

爆音と煙幕、艶やかで贅沢な衣装が演出に華を添える。舞台に立つと驚くほど鮮明に客の顔が見渡せた。胡桃はステージの上から流し目で千堂を見つめた。胡桃がニコッとアイコンタクトを送ると、彼は照れ臭そうに小さく頷いた。

ベートーベンがハンディカメラを片手に、「胡桃ぃーこっち向いてぇ！」とまるで子供の運動会のように手を振りながらはしゃいでいる。冴木はガラの悪い闇金連中の中央で、テーブルに両肘をつきながらぼんやりとショーを眺めている。

胡桃はメインダンサー。スポットライトは常に胡桃を照らし出し、取り巻くように他のメンバーが踊る。踊りながらその雰囲気に陶酔する。自分自身に陶酔する。苛めや孤独や全てのストレスから今だけは解放された。

沙織や真由美はしかめっ面でヒソヒソと客に胡桃の文句を言っている。渚はそっぽを向いて完全にシカトを決め込んでいる。今はそれすらも心地良い。だって客の目線は胡桃に釘付けだから。どんなに屈辱的だろう、大宮からポッと出てきた弱冠二十歳の№１に、下手くそなダンスを我が物顔で踊られて。

「ラーストコール胡桃〜！」

胡桃は千堂にすり寄りながら、満面の笑顔でラストを飾った。愛想笑いなどではなく心の底から微笑んだ。

「いやぁ〜良かったよ」

千堂は酒で赤く染まった頬をテカテカと光らせて、機嫌が良さそうに笑い飛ばした。

「千堂さんが見ていてくれたから」

胡桃は火照った身体にアルコールを流しこんだ。

大方の予想通り、帰り際にアフターに誘われた。それなりの心構えは出来ていた。もう冴木で枕営業は経験済みだったし、千堂をもっとガッツリ自分に嵌めてしまいたかった。冴木のアフターを初めて断って、千堂を含めた数人で小ぢんまりとしたオカマバーに入った。

「いらっしゃ〜い！　あらっ？　お久しぶりじゃない」

長年通い馴れた感じの店だった。親しみのある角刈りのママと、ピエロみたいな化粧のオカマが数人丸椅子に座った。ママはとにかくよく喋る。そして聞き上手だった。胡桃が感心するほど話術に長《た》けていた。乾き物をつまみながら、千堂と緑茶で割った濃いめの芋焼酎を飲み交わした。

あっという間に三時間が経過した——。

「……ちょっと眠くなってきちゃった。私、そろそろ帰ろうかな」

千堂にそっと耳打ちした。それはある意味きっかけ作りだった。千堂にその気があれば一緒に出ると言うだろう。だが千堂はあくまでも紳士だった。一万円をタクシー代にと手渡され、結局胡桃は一人で帰ることになった。外はまだ夜の暗さをそのままに保っていて、冷たい夜風が身に凍《し》みた。

──下心を出さない人もいるんだなぁ
手を挙げて区役所通りから空車のタクシーに乗り込んだ。
「春日部まで」
──あんな客ばっかりだったら楽なのに
うつらうつらする意識の中で「そういえば明日は雪みたいですよ……」と遠い遠い彼方からドライバーの話す声を聞いた。

「さぶっ！」

翌日の昼過ぎ──あまりの寒さで目が覚めた。剝いでいた毛布に包《くる》まりながらカーテンを開けた。窓の外は辺り一面真っ白い雪化粧が施されていた。小さい頃は雪が積もるのが楽しみで仕方なかった。雪合戦に雪だるま、かまくらを作ったり数えきれないほどの遊びを考えたものだ。今は「電車がちゃんと動いているかな」「寒いし滑るし仕事に行くの億劫だな」とか雪イコール面倒臭いものに変わってしまった。私もそれだけ大人になったということか。

千堂はそれからもちょくちょく飲みに来てくれた。必ず大人数で飲みに来てくれるし、お触りや騒いで暴れることもなく飲み方も綺麗だった。

周りのキャストからやっかまれ、しばしば小物がなくなったり、ヘルプを断られたりもしたけれど、そんな小さいことなどどうでもいいと笑い飛ばせるほど、千堂の存在は大きかった。胡桃は相変わらずの一匹狼だったが、絶対的な№1の地位を手に入れた。
——私に出来ないことはない
部屋のベッドにひっくり返りながら、極めて経済状態の良い貯金通帳を眺める。胡桃は声をあげて笑った。どんなに薄汚れた世界でも、頂点に立つと自然と世界が良く見えてくる。くだらない良心の呵責《かしやく》や、客に対する罪悪感は胡桃の中から完全に失われていた。

「今年も靖国神社のソメイヨシノが蕾をつけました——」

天気予報で桜前線が発表される季節になった。

ベートーベンは新しくシステム関係の会社に就職が決まったし、千堂選手はほど良いペースで通い続けてくれている。林社長と水野社長は大宮の頃よりもペースは落ちたけど、それでも月に二度くらいの割合で飲みに来るし、冴木との関係は相変わらず続いている。

全ては順風満帆。胡桃が水商売を始めて三度目の春が訪れた。

——最近退屈だな
また胡桃の病気が始まった。№1を三ヶ月もキープすると急激に気持ちが白けてしまう。ピンクのサマンサタバサの名刺入れから、歌舞伎町で無数に貰ったスカウトの名刺を取り出した。

——さてこれからどうするか

いっそ目をつぶって当てずっぽで選ぼうか。胡桃は名刺をランダムに床に並べた。

「えいっ」——〈アイリス〉年齢層が高いし、お局《つぼね》が怖いって噂だからパス

「えいっ」——〈かぐや〉ショーが面倒臭いからパス

「えいっ」——〈ティアーズ〉ギャルっぽくて安っぽいイメージだからパス

結局決めかねて、いつも通り仕事に向かった。

「ねぇねぇちょっとだけ話聞いてもらっていいかな？」

新宿駅から靖国通りへ向かう通称スカウト通りを歩いている時だった。胡桃と同じ年くらいの、どこかあどけなさの残るスカウトに声をかけられた。

「僕ティアーズっていう店のマネージャーなんだけど」

——あぁ〜さっきパスした店だ

スカウトだと思っていたら、どうやらこの人はティアーズの従業員らしい。

「良かったら近くで珈琲でも飲みながら、話を聞いてくれないかな？」

「うーん……」

不思議な感じ。店を移るつもりなんて全然ないのに、この腰の低いあどけない彼を見ていると、何だか話くらい聞いてあげたくなってしまったのだ。二人で靖国通り沿いにある喫茶店に入った。カプチーノとアメリカンを頼んで改めて名刺を渡された。

『ＮｅｗＣｌｕｂ　ティアーズ　マネージャー　松浦《まつうら》』

「それで店のコンセプトとしては――」

広告を片手に熱心に説明する松浦。松浦の話が胡桃の耳を素通りしていく。

――あぁ〜なるほど

俯きがちに話す仕草が弟のケイトに似ている。そういえばケイトは元気にしてるかな。フワフワのカプチーノを飲みながら、ぼんやりと松浦の顔を流し見ていた。何気なく壁にかかっている鳩時計を見遣《や》る。

午後八時五十分――

「あっやばい！　そろそろ行かなきゃ遅刻しちゃう！　悪いんだけど、また今度改めて……」

胡桃が焦って身支度していると、松浦はきょとんとした顔で、

「じゃあ今日は僕が同伴してあげる」と言い、上司に何やら電話で話し始めた。

「僕がティアーズのマネージャーだってことは絶対に内緒だからね」

松浦は口元に人差し指をあてて悪戯《いたずら》っぽく微笑んだ。

「いやぁ〜、初めてエデンに入ったから緊張しちゃったなぁ〜」

興奮気味にそう言いながら、松浦は自分の店に戻っていった。オーダーは生ビール二杯、ワンセットチェックの色気のない、何ともあっさりした同伴だった。

「クルクル、今の人ってどんな仕事しているの？」

山岡が怪訝《けげん》そうな顔を覗かせている。

歌舞伎町のみならず【同業者出入り禁止】を看板に掲げているキャバクラ店は多い。キャストの引き抜きや客の奪い合いなど、店同士の競争が激しいからだ。無論エデンも同様であった。

「ホストだよ、大宮の頃のお客さんなんだ」

「えっ？　ホスト？　俺、今のお客さんどこかで見たことあるんだけど……」

「そんなに気になるなら、今度来たときに直接訊いてみれば？」

山岡は明らかに松浦を同業者だと疑っていた。胡桃の引き抜きを心配してのことだろう。一度同伴しただけで相手の素性を見破ってしまうなんて、流石は黒服同士。【蛇《じゃ》の道は蛇《へび》】

ということだ。

山岡を適当にやり過ごして、松浦と入れ違いに入ってきた冴木のテーブルについた。

《クラ〜ブ　エデン　スプリ〜ングショータ〜イム〜♪》

──煙幕のせいか、頭の中にまで白いモヤがかかってくる
胡桃を見る皆の目──本当は誰を見ているの？　お決まりのショーを踊りながら、自分がエデンを辞める言い訳を考えていた。

──何といっても居心地が悪い。大宮と歌舞伎町で圧倒的に違うのは、キャスト一人一人のプライドの高さだ。エルセーヌでも苛めはあった。だが麗子に出会って救われた。新海の指導も手伝って、叩き上げの瞳という№1を周りもだんだんと認めてくれた。

だがここは違う。歌舞伎町では、エデンでは、そんなに上手くはいかない。胡桃の心の支えになってくれるような、麗子のような友達も新海のような理解者もいない。皆一様に№1を受け入れようとせず、むしろ胡桃に対する風向きは悪くなる一方だった。お局はとにかく執念深い生き物だ。

「見てぇ〜あのダンス幼稚園のお遊戯みたい」

「あんなの見る価値ないから無視無視。それよりトイレ行きたいから早く終わればいいのに！」

ほらね、こんな嫌味を言ってくる。

おあつらえ向きのステージに、おあつらえ向きの観客。毎晩毎晩自分の体に鞭打って、ヘトヘトになりながらショーを踊って、陰では枕営業って後ろ指をさされて、キャストには恨まれて。

――私は何やっているんだろう

やる気があるうちはいい。全てを受け入れるだけの情熱と野心がある。今はない。やる気も熱意も何処かに飛んでいってしまった。まるで毎日が拷問みたいだった。マリオネットのように体を操られて、酒酔い客と性悪お姉の見世物になる。そんな現状から逃げ出したかった。

《♪♪♪♪～》

胡桃はソロパートを踊りながらルージュの胡桃のことを思い出していた。昔は胡桃もどこその店でショーを踊っていたと聞いたことがある。当時の胡桃も同じように苦労をしたのだろうか、こんな風に苛めに遭ったのだろうか――。ルージュの胡桃は目標であり理想だった。あの頃の胡桃のように、可憐《かれん》で美しく、誰に対しても穏やかで、プライベートも順調でありたかったのに、真似出来たのは名前だけ。何一つ胡桃のようには振る舞えない。そんな自分がとても歯痒《はがゆ》かった。

ステージを終え、新しく来店した指名客に軽く挨拶をしてから、冴木の席に戻った。

「おいっお前今日付きっきりな！」

クロコダイルの長財布から札束を一束取り出して、テーブルの上にポンッと放り投げた。

冴木は『どうする？』と試すような視線を胡桃に投げかけてきた。

——断れないと思って
目の前に札束を積まれて誘惑に勝てる人間がいるのだろうか？　現生にはそれだけの迫力と即効性があった。

「いいよ」

「だろう？」

冴木はフフンッと満足そうに鼻を鳴らして、馴れ馴れしく胡桃の腰に手を回してきた。

枕をしてから冴木は少し変わったと思う。以前より図々《ずうずう》しくなったし、まるで胡桃を自分の所有物のように扱うんだ。

幸いにも来ていた客は、ハウスボトルのブランデーを飲み、ヘルプに水ばかり飲ませるような極細《ごくぼそ》（殆ど金を遣わない）のサラリーマンだった。この際切れても受けるダメージは少ないだろう。

「格好いい！　流石オーナーはやることが違いますねっ！」

取り囲む闇金の幹部達が執拗に盛り上がる。手元には皆さん揃いも揃ってキラキラしたロレックスかフランク・ミュラーの腕時計をはめていた。
——闇金バブル
確実にきている。組の構成員のような闇金業者から、冴木のように独立し幾つかのグループを束ねている個人オーナー、最近多いのは関東に拠点を持つ暴力団鬼頭《きとう》会で組織化された闇金グループだ。トサン（十日で三割の利子）は当たり前、酷いところではトゴ（十日で五割の利子）らしい。
世間ではやれ「ＩＴバブルだ」なんて騒いでいるのに、社会の裏側では毎晩こうした闇金業者が飲み屋を賑わしていた。

「お父さん、タコ焼き一つ頂戴」

「はいよお疲れぇ〜！　今、熱々の出来上がるからちょっと待っててね！」

区役所通りにある風林会館の近くに、小さなタコ焼きの屋台があった。このタコ焼き屋のお父さんと仲良くなったのは、胡桃が歌舞伎町に来てすぐのことだった。一皿八個入りで五百円。いたってシンプルなタコ焼きで、ちょっぴり塩辛い味付けと、大きくてプリプリの蛸《たこ》がお気に入りだった。

「ねえ、お父さんは何年タコ焼き屋さんやっているの？」

「もう二十年くらいになるんじゃないか？」

「ふぅ～ん、ずっと歌舞伎町？」

「まぁ祭の時期は色んなところに稼ぎに行くけど、大抵はな」

「体大変じゃないの？」

「もう六十に近いせいか最近腰にきちまって。でも仲間も別の場所で屋台開いているし、そうそう弱音を吐いていられないさ。夏の時期になると、ここいらにリヤカー引いた風鈴売りがくるから、胡桃ちゃんにも一つ買ってあげような」

「風鈴かぁ。いいね、ありがとう」

「へぃお待ちどお！　マヨネーズ多めねっ！　熱いから焦って食うなよ」

お父さんは、小柄で日焼けしていて笑うと顔がくしゃくしゃになる。胡桃にとってこのタコ焼き屋のお父さんが、歌舞伎町に来てからの唯一の友達だった。

四月も終わりに近づいて花びらを見事に散らした桜の木が、青々とした新緑の葉をつけ始めた。

松浦とはそれからも何度かパリジェンヌや食祭酒坊《しょくさいしゅぼう》というティアーズの系列店のダイニン

グバーで食事をした。遅刻しそうになるとたまに同伴してもらった。対山岡用にティアーズの客の名刺を勝手に拝借して、あたかもその人物のように成り済ましてもらった。

「うちの部長が話したいって言っているんだけど、呼んでいいかな？」

数分後、倖田《こうだ》という黒い短髪をツンツン逆立てたイケメンの部長がやってきた。

「うっす！　よろしくぅ」

ちょっぴり東北訛《なま》りのある言葉遣い。力強い握手を交わした。

「胡桃ちゃんも今日から俺達のファミリーだから！　頑張ろう！　俺はティアーズを日本一のキャバクラにすっからさ――」

倖田は自分の夢やポリシーなどを一時間ほど熱く語って去っていった。何とも濃いキャラだった。

――ファミリーか
何だか少しむず痒《がゆ》い。もう損得勘定抜きで人との付き合いが出来なくなってしまっているからだ。

「――で、いつから働く？」

松浦は破顔しながら訊いてきた。俯いた時の表情がやっぱりケイトに似ている。何だか弟に急《せ》かされているような不思議な錯覚に陥った。

「う〜ん……」

正直決めかねていた。スタッフは良い。親切だし皆がやる気に満ちている。フリー客も入るし店も活気づいている。胡桃が心に引っ掛かっていたのは、安っぽいイメージだった。ティアーズはギャル系で、店の造りもエデンに比べるとファミリーレストランみたいだった。エレベーターのボタンは煙草を押し付けた跡が残っているし、営業時間も朝四時までという過酷なものだった。

松浦に店の説明を受ける中で、特にメディアに力を入れているという話を聞いた。

『クラブアフター』と並ぶ二大業界誌『ベストクラブ』。ティアーズはいずれの雑誌にも強いコネクションがあるらしく、大々的な広告を打っていた。

「胡桃ちゃんが入ってくれたらグラビアの頁《ページ》を用意するから」

「グラビアねぇ」

何の気なしにパラパラと頁をめくる。ふと、地方版の名鑑に目が留まった。

【大宮〜ルージュ〜くるみ】

——間違いない

あの胡桃だった。けして大きいとはいえない写真掲載だったけど、それでも抜群の存在感を放っていた。

――私がティアーズで働いたら胡桃と同じ雑誌に載れるんだ
もしかしたら自分のことに気づくかもしれない。いや気づいて欲しい。あなたに憧れて歌舞伎町で働くキャバ嬢がいることを――。

「まっちゃん、この雑誌胡桃に頂戴！」

「別に構わないけど……知り合いでも載ってるの？」

「ちょっとね」

胡桃はホクホクと『ベストクラブ』を鞄の中に忍ばせて、ティアーズに入る具体的な条件を話し始めた。


新宿区歌舞伎町東通り沿いにある老舗《しにせ》キャバクラＮｅｗＣｌｕｂティアーズ。胡桃がこの店で働き出したのは、ちょうどＧＷ明けの五月七日――

五月晴れの清々しい天気だった。胡桃は午前中に不動産屋と手頃な物件を一通り回って、午後六時過ぎに改めて担当になった松浦に電話をかけた。

「ちょっとぉ～！　スタジオの場所わかんないんだけど」

とりあえず今日の予定は、出勤前に店の広告で使う写真撮影と、写真名刺を作る手筈《てはず》になっていた。

『今迎えに行くからそこで待っていて！』

　スカウト通り沿いの写真スタジオグラマー——ここにはちょっと都内のキャバクラ事情には疎い胡桃でもわかる有名嬢の写真や、ホストのポスターなどがずらりと飾られている。まさに壮観そのものだった。

「はいっ、顎引いて笑ってぇ」

　純白のドレスに身を包み、数パターンの写真を撮った。やっぱりまだ撮影には慣れない。表情がぎこちなくて、自分で見てもなんだか冴えない出来だった。写真名刺の注文書を書いて早々とスタジオを後にした。


「いらっしゃいませ〜四名様ぁ」

　もの静かな雰囲気のエデンとは打って変わって、店内は人で溢れかえっていた。耳元で喋らないと、相手が何を話しているのか聞き取れないほど騒々しい。客層も八割が闇金で、後は二十代〜三十代の会社員やホストといった若者客がメインの店だった。

「飲〜んで飲んで飲んで……」

「おっ新人じゃん！　はい乾杯〜」

　どのテーブルについてもかけつけ一気。

盛り上がる一気コール。グルグル廻る視界。

──もう駄目、吐きそう！

胡桃は思わずトイレにかけ込んだ。

「あれ？　誰か潰れちゃってるぅ」

呂律《ろれつ》の廻らない言葉でフラフラになりながら、胡桃は洗面台に手をついた。

──んっ？　ザラザラしている
「なんだこれ……」

見ると、胡桃の掌《てのひら》にさらさらの真っ白い粉がくっついていた。

白い粉と赤い玉

「これって──」
掌に疎《まば》らについた白い結晶、下に転がっているアルミホイル、ストロー、握られたライター、間違いない。
──シャブだ
アルミの上に覚せい剤の結晶をのせてライターの火で焙《あぶ》り、ストローで煙を吸う。通称

【あぶり】と呼ばれる、一般的なシャブの摂取方法だ。

さっき客席で浴びるほど飲まされたモエシャンが、胡桃の胃の中でグルグルと暴れ出した。

《ウッ……》間一髪。便器に顔をつっこんで勢い良く嘔吐《おうと》した。

ティアーズのノリは、エデンから移籍して間もない胡桃には過酷なものだった。見れば座椅子にも所々に何かを燃やした焦げ跡がついている。

──ジャンキーばっかりの店だな
吐いてスッキリはしたものの、酒の力も手伝って何だか妙にムカッ腹が立ってきた。呑気《のんき》にドアの外で頭を左右に振りながらキマッている摩耶《まや》はティアーズでも常に五番手くらいの人気嬢で、店内では指名客が首を長くして彼女の帰りを待っていた。

──まだ胃がムカムカする
右手で腹を摩《さす》りながら、上げていた便座を倒して腰を下ろした。

《バタンッ》薄っぺらい個室の壁に頭をぶつけたような鈍い音と微かな振動を感じた。

──店の中ですんなよ
胡桃は自分なりの美学というかプロ意識のようなものを持って働いていたんだ。大宮から来た自分なんて全く歯が立たない、流石は天下の歌舞伎町──と実力の差を見せつけて欲しかったし、またルージュの胡桃のようなキャストとの出会いを期待していた。こんなジャンキーに先輩風を吹かれたらたまったもんじゃない。

毎日更衣室に張り出される成績表。胡桃は入店当初からNo.1の杏奈《あんな》と競り合い、早々にNo.2の位置にこぎつけていた。ティアーズはエデンに比べて割安だから客も呼びやすかったし、エデンの派閥を気遣ってそれまでは沙織や渚など古株を指名していた客が、『やれ、気兼ねなく』とティアーズで胡桃を指名しに来る嬉しいサプライズもあった。

以前ロミオのオーナー拓也に聞いてからひそかに憧れていた歌舞伎町だけど、最近は失望することが多い。馴れない都会のペースに、ちょっぴり疲れたのかもしれない。目標を見失い、心が折れそうになる時がある。

胡桃は具合が良くなるのを見計らってトイレを出ると、奥のキッチンからチェイサー用のペットボトルの水を一つ取り出して、座り込んでいる摩耶の側にそっと置いた。

明らかにシャブをやった痕跡《こんせき》が残る洗面台だったけど、あんまり触りたくもなかったし、

——誰が入ってきたって今更驚きゃしないでしょ

という楽観的な気持ちでそのまま、自分の席に戻った。

それから間もなく、トイレに【店内での薬物の使用厳禁】という何とも歌舞伎町らしい貼紙がされ、営業時間中の更衣室にまで鍵をかけるようになった。ちょっと忘れ物を取りにロッカーに用がある時も、いちいち鍵番のようなスタッフを捕まえて「中に入ったら内側から

鍵かけて、五分以内に出てきてね」などと催促される面倒臭い展開になってしまった。

赤玉（睡眠薬）、シャブ（覚醒剤）、マリファナ（大麻）、コカイン、精神安定剤――この街ではあらゆる薬が簡単に手に入る。

胡桃だって全く薬をやったことがない訳じゃない。赤玉や精神安定剤、抗鬱《こううつ》剤などは職安通り沿いにある深夜まで診察している名物病院サクラ医院で簡単に処方してくれた。顧客は闇金、ヤクザ、韓国や中国の飲み屋の女、ホスト、キャバクラ嬢、ソープ嬢など、まぁ何ともディープな歌舞伎町の住民達で、終日異様な賑わいを見せていた。デトックス効果のある点滴で体内の薬を抜きにくるもの、風邪の診察にきたもの、薬をせびりにきたもの、大体はこの三パターンに分かれる。

金無垢のロレックスをギラつかせた坊主頭の院長に、注射が上手いベテランの看護師が二人と受付の痩せこけた年配嬢、テキパキと雑務をこなすこれまた坊主頭の女性スタッフが一人。混雑するものの割合規模の小さな医院なので、常に四、五人のスタッフで運営していた。胡桃はもっぱら一本二千円のニンニク注射を打ちに通っていた訳だけど、ここで処方される薬目的で通う客の多いこと、ジャンキーの間では有名な医院であることくらいは知っていた。

「なおた〜ん、また冷たいの頂戴」

営業時間中に客席で当たり前のように交わされる会話。遥々《はるばる》北朝鮮から船で運ばれて歌舞伎町で蔓延《まんえん》していく白い粉。シャブという見えない糸でこの街は繋がっているんだ。

五月末——

思わぬ人から指名を貰った。

「よお、瞳久しぶりだなぁ～」

白い肌にオールバック——懐かしい顔。瞳なんて呼ばれるのは一体どれくらいぶりだろう。

「ええっ⁉　新海さん？　超久しぶり」

「お前出世したなぁ～！　めっきり女っぽくなって！　いやぁ～僕チンたまげたよ」

「新海さんは全然変わらないね！　今もチップスで働いてるの？」

「いんや、今は結婚して水商売辞めたんだ。バリバリ保険会社で仕事してるよ」

「へぇ～結婚したんだ。何だかイメージないなぁ～。新海さんて生活感ないんだもん」

「馬鹿言いなさい！　素敵な旦那さんしてますよ。瞳はまだ将と連絡取ってるのか？」

「そんな訳ないじゃん！　将のことなんて思い出したくもないのに」

「将、今西川口のキャバクラで店長しているらしいよ？　ついこの間俺にも電話かかってきて、まだ瞳と付き合ってるみたいなこと言ってたぞ！」

「やだ、それ本当？　もう刑務所から出てきちゃったんだ。付き合っている訳ないよ。連絡ぶりに美味い酒をくみかわした。そしてそれ以降、新海と会うことはなかった。


新海は少し寂しそうに笑っていた。キャバクラのイロハを教えてくれた師匠と弟子。久し
「うん、きつく言っておくよ。瞳は俺の最後の教え子だから」

「ねえ、新海さんから将に言っておいてね！　瞳が迷惑してるって！」

「やっぱり嘘か〜あいつも懲りない奴だなぁ」

もとってないんだし」

六月の初旬——

『ベストクラブ』のグラビア撮影をした。午後三時から担当の松浦に付き添ってもらって、西新宿にあるだだっ広いスタジオに入った。先に来ていた他店の女の子が数人へアメイクをしていて、順番が回ってくるのを待つ間、差し入れの菓子を頬張りながら、お決まりのアンケート用紙を書かされた。


初めての水着撮影。緊張したけど、今日のためにふんぱつしたブルーのビキニが、ちょっとだけ胡桃のテンションを上げてくれた。カラー二頁のグラビア撮影に五時間以上かかった。

「撮影って疲れるんだね」

松浦と軽く会話を交わしながら、いつもより早めに店に向かった。

「今日は八時から倖田部長と仲良しの若い金融の団体が入っているから、ちょうど良かったよ。付け回しに頼んでボスにつけてもらおうね！」

東通り沿いにある薬局で千円のユンケルを二本買い、二人で一気飲みして気合いを入れた。

「いらっしゃいませ十名様〜」

時代はまさに闇金バブル――

ティアーズは闇金業者のたまり場だった。歌舞伎町では金融イコール闇金融。

その中で当時最も勢いのある組織が、【ヤミ金の帝王】の異名を持つ二階堂努《にかいどうつとむ》率いる通称【レッド】と呼ばれる川村組系鬼頭会の闇金グループだった。中でも一番の規模を誇ったのが関西を中心に活動する【アカ鬼】グループ。後にオレオレ詐欺の基礎を作ったグループだ。

こんな風に述べると各方面から非難囂々《ごうごう》かもしれないが、巷に闇金が蔓延するのは仕方ないことだと思う。だって銀行が金を融資しなかったり、もう正当なところで借りられない人たちが、高利なのを承知の上で自ら飛び込んでいくからだ。それに浪費癖のある故意的な破産者も多い。

一九八三年にサラ金規制法が出来て以降、ドラマのシーンで登場するような荒々しい取り立てには一応歯止めがかかった――が現実はどうだろう。

実は胡桃の母方の祖父も経営する工場のやりくりに困り、闇金業者から借りた六百万の借金で苦しんでいた。四六時中鳴りっぱなしの電話に怯《おび》え、郵便ポストを漁られて誹謗中傷《ひぼうちゅうしょう》のビラを撒かれ、後ろを付け回された。利子で一千万に膨れ上がった借金の返済――親戚中が祖父の家に集まって家族会議が行われた。多栄子は四人兄弟の末っ子であった。結局、借金の大半を中田家で肩代わりすることになった。幼いながらに「末っ子のお母さんに責任を押しつけてみんな悪い人だ！」なんて随分と矛盾を感じたものだ。

胡桃の一家も闇金業者の被害者だった。だから決して好きじゃない。でもオレオレ詐欺ほど嫌いでもない。闇金業者の被害者でもあり、また恩恵に与《あずか》っているものとしてのこれが素直な気持ちだった。

六月七日――

その日、外は早朝から大雨が降っていた。まだ梅雨入りの時期には早く、強い暴風雨と雷で外は大荒れの嵐だった。午後には関東地方全域に大雨洪水警報が発令された。殴り付けるような雨と突風で、さしていたビニール傘がほとんど用をなさなかった。時折閃く稲妻と雷鳴のために電車の運行が見合わされ、出勤するのも一苦労だった。

胡桃はずぶ濡れになりながらも夜十時を少し回ったところで店に着いた。先述した通りティアーズは朝の四時まで営業しており（当時はまだ風営法の取り締まりがさほど厳しくもなかった）、一日に四時間出勤すれば、遅刻や早退で罰金が一切とられない。働くキャストとしては便利なシステムになっていた。

三階のエレベーターが開くと、ざわめきと共に湿気と煙草の煙が交ざりあったむわっと籠った店内の空気が流れてきた。台風の日に限ってやたらと店が賑わっていたりするものだ。

——皆暇人だな
胡桃が着替えを済ませ、夜十時三十分にホールに出た時も、同伴した冴木をはじめ溢れんばかりの闇金で店内は異様な盛り上がりをみせていた。

「珍しいね、そんなラフな格好」

エデンの頃から月に一、二度のペースで遊びに来る闇金グループの社長、健介《けんすけ》はその日とにかく酔っていた。

「胡桃たん大好きぃ〜」と言いながら頬にチュウをねだってきたり、抱きついてきたり、席を離れると怒ったり——今日の健介はまるで駄々っ子のように胡桃に甘えていた。

「今日は何だかいつもよりテンション高いね！」

「別に〜、ただ酔ってるだけだよーん」

何だか妙な違和感があった。辛いことがあってそれを酒で無理矢理忘れようとしているような——酷く頼りないノリだった。

「何か、健ちゃん無理しているみたい……」

健介は一瞬翳《かげ》のある笑みを見せた。

「胡桃ちゃんには隠し事が出来ないね、もっとこっちに寄ってよ」

胡桃は出来る限り健介に体を寄せた。ただでさえ騒がしい店内で、聞き耳をたてられる心配など皆無に等しかったけど、健介はやたらと周りが気になるらしい。

「誰にも言わないって約束してくれる？」

「うん、いいよ」

なるべく穏やかなトーンで返事をした。

「俺……やっちゃったんだ」

健介はなみなみと鍛高譚《たんたかたん》の入ったロックグラスに視線を落としながら呟いた。

「何を？」

「うん、人殺し」

罪の意識

「またまた～冗談でしょ？」

「…………」

健介は返事をせずに黙り込んでいる。視線は真っ直ぐに、ただ遠くの何かを見つめていた。

その瞬間はっきりわかったんだ――。それは殆ど直感みたいなものだけど、今日の健介は妙に薄気味悪い負のオーラをまとっているように見えたから……。空気が急に重くなった。

「いつ頃の話？」

「一昨日の朝方、バンに乗せて樹海の辺りに埋めた。もしかしたらこの嵐で土が流れてあいつ見つかるんじゃないかって。かなり深く掘ったし、元々自殺の名所だから、そんな心配しなくても平気だとは思うけど……」

場違いに賑やかな店内で、そこだけが取り残されたように静まり返っていた。

「一体何があったの？」

胡桃は意識して淡々とした口調で尋ねた。

興味半分、怖さ半分だった。これ以上聞いてしまったら胡桃も共犯者になるような、一緒に人には言えない過去を背負いこまなければならないような――そんな気がして内心怖かった。

「俺がプッシャー（薬の売人）だったの知ってる？　そっち関係で揉めてさ……」

「知らなかった。健ちゃんて闇金の他にそんな副業していたんだね。薬絡みなら、この件に関わったの健ちゃんだけじゃないでしょ？」

「あぁ〜下の子が五〜六人くらい。組のシャブをパクッたあいつが悪いんだけど、やっぱり後味悪くてさ」

「その人いくつだったの？」

「まだ二十三、四歳ってとこ。下の子の手前ビビッてるところ見せれねーし、あいつ泣きながら『何でもします！　命だけは勘弁してくれ〜！』って女みたいにすがるんだぜ？　ションベンまで漏らして、みっともねぇのなんのって。バットで殴ってる最中にそいつの声が聞こえなくなって……」

「それで？」

「血まみれで、目玉がボッコリ飛び出て死んでたよ」

うなじの辺りがスウッと寒くなるのを感じた。

「その時のあいつの声が妙に生々しく頭ん中に残ってるんだ。死体の血腥《ちなまぐさ》い匂いとか。眠れなくてさ……」

健介は小鳥のように震えていた。心細くて頼りない気持ちが伝わってくる。死体が見つかりはしないか、誰かサツに寝返りはしないか、あいつが化けて出やしないか――。

――なぜだろう

その時、胡桃は加害者の気持ちに共鳴していた。

「いつか時間が風化させてくれるよ」

小さな子供を諭すように、細かく震える健介の肩を優しくさすりながら呟いた。そんな言葉しか思い浮かばなかった。

「そうだね、もう今更どうしようもないもんな」

健介は手元のグラスに視線を落としながら、くたびれたような笑みを浮かべた。水滴がヒタヒタと床に落ちている。ピーンッと張った糸が切れたように、グラスに入った鍛高譚を一口で空けて「胡桃たん飲んでな〜い」と急に茶目っ気ある甘えんぼうの健介に戻った。

「お願いしま〜す」

カットライムの刺さったテキーラのショットグラスを十杯オーダーして、山手線ゲームをした。胡桃の圧勝——頼んだテキーラのほとんどを健介が飲み干した。

「雨、やんだね」

ベロンベロンに泥酔した健介を抱えるような格好でエレベーターで一階まで下りると、外は夜の静けさを取り戻していた。吹き荒れていた暴風雨も帰り際にはおさまり、上空ではまだ早いスピードで雲が流れていた。

六月も終わりかけた頃――

胡桃は上野《うえの》にほど近い動坂下《どうざかした》のマンションに引越した。プライベートを大切に過ごしたいという思いから、職場の新宿から少し離れた場所に部屋を探した。築五年でオートロック付きの四階角部屋、２ＬＤＫで家賃十八万円。一階にコンビニが入った、割合綺麗なマンションだった。

日曜日、学校が休みの多栄子に手伝ってもらって早朝から梱包《こんぽう》を解き荷物を整理した。まだカーテンを取り付けていない窓辺から、柔らかな陽光が降り注ぐ。

「日当たりが良くて気持ちいいじゃない。この辺りは何だか下町っぽくて落ちつくわ」

多栄子はサッシに雑巾がけをしながら、眩しそうに微笑んだ。さすがは主婦歴二十年。働き者の多栄子のおかげで、予定の数倍作業がはかどった。

手元の時計で昼の一時を回った頃には、八割方の荷物が片付き、キッチンと玄関を除いて新しい胡桃の部屋が出来上がっていた。

「よ～し、大分片付いたね。そろそろお昼にしよう！　手伝ってくれたお礼に、何でもお母さんが食べたい物ご馳走するよ」

「あらそう、じゃあついでに駅前の商店街で足りない物を買ってきましょう！　ええ～と歯ブラシとティッシュペーパーと……」

磨いたばかりのガラステーブルの上で、多栄子は何やら細かくメモし始めた。

「本当にこんなところでいいの？」

胡桃のマンションから歩いて二、三分のたんぽぽ食堂は、土木作業員やサラリーマンで賑わう味とボリュームが売りの小汚い店だった。メーカーから粗品で貰ったグラスに、備え付けのポットに入った薄い麦茶を注ぐ。

「いいのよ。絵里香引越したばかりだし、あんまり無駄遣いするものじゃないわ。あ〜お腹空いた！　じゃ、お母さんは天麩羅定食と昼からビールも飲んじゃおっかな」

「そんなに遠慮しなくても良かったのに……」

三角巾を被ったパートの店員に、天麩羅定食とポークジンジャー、瓶ビールをオーダーした。

「ケイトがね、何だか最近元気ないのよ」

多栄子は天麩羅をつまみに、小さなグラスに注がれたビールを飲みながら溜め息交じりに呟いた。

「何で？　成績が落ちたとか？」

「成績は相変わらずいいのよ。テストの点も学年で二十番以内だし。ただ友人関係が上手くいってないみたい。学校の行事を休みたがるし、最近帰ってくるとすぐ部屋に閉じこもっちゃって。あの子友達いないんじゃないかしら？」

「思春期なんじゃない？　親がウザイ時期とか。苛められている様子ではないんでしょ？　困っているならどうにかしてあげたいけど、まさか『ねえねえケイト、あんた友達いないの？』なんて訊けないしなぁ」

「そうね、私の考え過ぎかもしれないし。いっそあんたみたいに反抗してくれた方が、こんな心配しないで良かったわ。あら、ここの天麩羅ホックリしていて美味しい！　羽生《はにゅう》のお婆ちゃんの味にそっくりね。そういえば九州の沙羅《さら》ちゃんが今度結婚することになって……」

多栄子の雑談に相槌《あいづち》をうちながら、心の中で小さな警鐘が鳴っていた。

胡桃がこの時点でケイトのことをもっと親身になって考えていたら、後々に起こる問題は防げたかもしれない。ただこの時は、あくまで想像の域を超えない悪い予感に振り回されたくはなかった。

和やかな雰囲気で食事を済ませて、二人は散策がてら近所の商店街を歩いた。洒落っ気のない生活感溢れる場所だ。

「寂しくなるわね。あんた女の子なんだから痴漢とか変質者に出くわしたら大声あげるのよ？　これ家電売り場で買ってきたの。ここを引っ張るとピィーッて大きな音が出るから、お守りに持ち歩いてなさい！」

多栄子は肩から提げたショルダーバッグの中から、桃色の小さなベルを取り出した。それはひらべったい卵ほどの大きさで、抜くと驚くほど大きな警報音が鳴る小さな鍵がついていた。

——いつまでも子供扱いして

そんな物持ち歩くなんて何となく格好悪いし恥ずかしい。胡桃はあからさまに嫌そうな顔をした。

「こんなのダサいからいらな〜い！」

「あんたが嫌でもお母さんが心配で寝れないの。ねっ！　お守りだと思って持っていて。使わないならその方がいいんだから。辛くなったらすぐに帰ってくるのよ！　あんたの部屋たまに空気の入れ換えしておくから」

多栄子はそういって胡桃の手にギュッとベルを握らせた。それ以上抵抗が出来なかった。

「絵里香ぁ〜また来るからねっ！　元気でね」

上野駅から十七時四十五分発東京メトロ日比谷線に乗って多栄子は帰っていった。だんだんと人混みに呑まれて見えなくなっていく多栄子の小さな後ろ姿を見送ると、急に涙が出そうになった。胡桃の右手に握られた小さな防犯ベル——母として、娘を想う多栄子の気持ちが痛いほどに伝わってきた。

——そしてそれはそう遠くない未来に現実となったんだ

《ブルブルブル……》

その夜、携帯のバイブレータで珍しく目が覚めた。

「誰だよ、こんな時間に……」

時刻は午前三時を少し過ぎたくらい。

「もぅ～まだ二時間しか寝てないじゃん」

朝からの引越し作業でクタクタだった。着信は健介からだった。

「……もしもし」

欠伸交じりの声で電話に出た。

『あっ！　胡桃たん、何してるのん？』

「寝てましたけど……」

『ハハハ元気ないね～！　これから飲み行こうよん』

「何？　そのハイテンション。もしかしてキマッてるの？」

『ちょっぴり！　ていうかかなり～』

「あれからまだ眠れないの？」

『そうだよん。胡桃たん遊ぼうよ〜』

《ガチャ……ガチャ》

「遊ばないよ、眠いし。あれ？　健ちゃん、今ドアか何か開けた？」

『今畳の目を数えてる。一、二、三……』

《ガチャ……》今度ははっきりドアノブを廻す音が聞こえた。しかも玄関から。胡桃は携帯をほっぽり投げてベッドから飛び上がり、そぅーと玄関の覗き穴から外の様子を窺った。後ろ姿しか見えなかったけど、確かに胡桃のドアの前から若い男が早足に立ち去っていった。

——まさか泥棒？

恐る恐るドアを開けて外に出るとチンッとエレベーターが止まる音がした。

「だから僕のせいじゃない、だから君が悪いんだ。だから僕の……」

エレベーターの入口付近から、ブツブツと呪文のような酔狂な声が聞こえてきた。

小さいけど暗く淀《よど》んだ低い声——胡桃は恐くなって急いで部屋に戻りベッドの中に潜り込んだ。

『百十三、百十四……』

健介は電話口の向こうでまだ畳の目を数えていた。

七月十九日――

今胡桃が左手に握っているのは防犯ベル――ではなくダイヤの9。ここは区役所通り沿いのナチュラルナインというバカラ賭博場。

「やった！　ナチュラルナイン」

「またプレイヤーかぁ。クルクル今日は引きが強いじゃん！」

パグ犬にそっくりの豪《ごう》にバカラを教えてもらったのは、つい最近の話。豪は週五日で通ってくれる胡桃の新しい常連客だった。豪とのアフターは今日で三回目。全てこのナチュラルナインだ。

「プレイヤーバンカー、プレイヤーズバンカー」

自称・ホストのオーナーの豪は、メンズティノラスのスーツを着ていて、黒髪の短髪、強面の外見は一見して闇金にしか見えない。

「お前まだ俺が闇金だとか思っている訳？　失礼な奴だなぁ～」

「だって全然ホストに見えないもん！」

「あっ!?　ちくしょう！　またピクチャーだ。やっぱりクルクルが引かなきゃ勝てないな！じゃあ今度俺の店に連れてってやるよ！　金はいらねーから」

隣でヒートアップする豪をよそ目に、ベット（賭け金）の小さい台に移動して二ゲーム楽しんだ。結局、胡桃の独り勝ちだった。

呪いの言葉

「お疲れぇ！　胡桃ちゃ〜ん、ちょうど良かった」

豪とのバカラ帰り、タコ焼き屋のお父さんに呼びとめられた。正確に言うと、百万円溶けて（負けて）ますます勝負に熱くなる豪に見切りをつけて、胡桃だけ先に出てきちゃったわけ。

「ほらっ前に言っていただろう？　今そこに知り合いの風鈴屋が来ているんだ！　どれでも好きなのを買ってあげような」

——そういえば前にそんなこと言ってたっけ
「お父さん、自分の屋台は平気なの？」

胡桃がそう問いかけた時、お父さんはすでに風鈴売りの屋台目掛けて走り出していた。

風林会館の白いガードレールにもたれかかりながら、麦藁《むぎわら》帽子を被った風鈴売りのおじさんは暇そうに煙草をふかしている。

「こっちこっち！　ほらっどれがいいんだい〜？　買ってやるよ」

《チリーンチリリーン……》色とりどりの風鈴が夏らしい涼し気な音色を奏でて輪唱している。

「お父さんに買ってもらうの悪いよ、自分でお金払う」

胡桃は珍しく遠慮した。毎日腰痛に耐えながら何時間も立ちっぱなしで一皿五百円のタコ焼きを売るお父さんに、何かを買ってもらう訳にはいかなかった。

「何言ってんだい！　俺にもたまには格好つけさせてくれよ！　ほらほら、早く選んじまいな。それともあんまり欲しくないのかい？」

お父さんは眉毛を八の字に曲げて首を傾げた。これ以上断ったらお父さんを傷つけてしまうような気がした。

「じゃあ……」

胡桃は何となく最初に目についた赤い金魚の風鈴を指差した。

お父さんは、ブカブカのズボンのポケットからくしゃくしゃの千円札を二枚取り出して、風鈴屋の親父に渡した。風鈴一つ千五百円也。タコ焼きなら三皿分だ。

《チリーン……》

風鈴から垂れ下がる蒼色の札には『夏帰り　水のうまさや　星月夜』と達筆な字で俳句が描

かれている。何となく夏っぽくていい感じだ。

「これ、袋ないんだって！　このままでも大丈夫かい？」

「うん、もう帰るだけだから！　お父さんありがとう」

《チリンチリーン……》

「夏らしくていいですね～」

「えぇ」

「私は一日中タクシーに乗っておりますから、風鈴の音色なんてここ何年も聞いていません。何だか心が癒されますよ」

帰りのタクシーの車内、運転手との間にちょっとだけ優しい時間が流れた。


ティアーズには実に様々な客が来る。バブル絶頂期の闇金は勿論、芸能人やスポーツ選手、大企業の社長や華僑《かきょう》。当時のティアーズはヤクザと同業者、それにホストが出入り禁止だった。他店と比較してもホストを出禁《でき》《ん》にしているのはクィーン系列（ティアーズやミュウ、食祭酒坊などの会社）だけ。何故ホストが出禁かというと——
一、営業しに来るホストが多いということ。店にフリーで飲みに来て帰りに名刺交換し、巧みな話術と色恋で逆に自分の客にして通わせるパターン。

二、キャバ嬢を風俗に落とす危険があるから。嵌めてしまえばこっちのもの。中途半端に売れている子、ヘルプ専門の子は風俗で働かせた方が金になる。紹介料が入るし全額日払いだし都合がいい。ホストが風呂に沈める（ソープに落とす）のは一種のステイタスみたいなもの。

どちらにせよ百害あって一利なし。大宮で出会ったヴィーナスの№1、晃なんて比較にならないくらい歌舞伎町のホストはエグイんだ。ティアーズはそういった意味で女の子を大切にする店だった。倖田部長が前にも言っていたように、皆がファミリーなのだ。

「芸能人だと誰がタイプなんですか？」

「芸能人なら誰でもいいよ！　ヤレれば！　スピードでも安室でも」

こう言い切った若き日のマイケル杉内氏。音楽業界で彼の名を知らぬ者はいない。ラフな格好でそんな軽い台詞を言うものだから、とても有名音楽事務所の社長には見えなかった。

「私は出張で月に二回しか会えない。つまり、胡桃も私と会う時以外は好きなことをしていていい。都内にマンションを買ってあげるから私の愛人にならないか？」

いつも鞄持ちを連れだって口説きにきた森田電気の副社長。胡桃に『特殊関係人』の間柄を迫ってきた。会話がほぼ口説き文句だから、傷つかないようにかわすのがしんどかった。結局六回くらい通って切れた。

エデンで顧客だったフェニックスの千堂選手は、義理で一度だけ会いに来てくれた。

「やっぱりエデンが落ち着くよ！　俺はこうゆうギャルっぽくて騒がしいところは苦手でさ〜。胡桃ちゃんには会いたいけど、向こうの店とは付き合いも長いし色々よくして貰ってい るからごめんな」

快活な口調できっぱりと言い切られた。千堂選手が切れたのは正直痛かったけど、何となく彼らしくて、意外とすんなり受け入れられた。

胡桃とは四十も歳の離れた初老のヤクザの親分に、いつもよくしてもらっていた。白髪交じりだけどフサフサな髪、薄い茶色のサングラスをかけて、色の褪《あ》せたジージャンを羽織っていた。親分は左手の人差し指と小指がなかった。いつも決まって一人で飲みに来た。

「胡桃、女の子なんだから体は大切にしろよ！　指きりげんまん……あっ指がなかった」

なんてギャグをいう明るい親分だった。

「お前、真珠は好きか？」

「好きだよ。持ってないけど」

次の来店時、高級そうな箱に入った真珠のネックレスと指輪をプレゼントしてくれた。極妻の姐さんが着けるような派手なデザインだった。

『新しい仕事で当分飲みに歩けないんだ』

そう言って親分はパッタリと来なくなった。何となくわけは訊かなかった。


一番印象的だったのは芸能プロダクションの会長。その日はフリー八名で飲みに来た。胡桃が初対面で席についた時、「僕の隣に座ってくれてありがとう」と言って挨拶がわりに五万円を渡された。

「いいんですか？　こんなに沢山……」

会長は、金があり余り過ぎて興味がないと漏らしていた。金を渡す優越感に酔っているようだった。

「ねぇ、会長さん胡桃のこと指名して～」

思いっきりおねだりしてみる。

「いいよ、ずっと僕の側にいてくれるの？」

飲み直しで本指名に変えてもらった。美味しい客は早い者勝ち。

後から胡桃を真似て会長に指名を入れさせた女の子は、みんな場内指名扱いにした。本指名と場内指名では売上バックもポイントも天と地ほどの差がある。

営業後に胡桃と場内指名のキャスト合わせて二十数名で、会長の知り合いのホストクラブを貸し切ってアフターをした。会長が金持ちなのを知って、ホスト達もへこへことお世辞を並べ、シャンパンをねだりご機嫌をとる。さほど若くもない会長は一時間かそこらで眠くなりお開きになった。

「君達僕に付き合ってくれてありがとう」

タクシー代として場内指名で五万円、本指名の胡桃は十五万手渡された。この日は会長だけで手取り合計二十万＋売上バック。今まで胡桃が出会った中で一番美味しい客だった。けれど会長は数回指名で飲みに来た後、パッタリ来なくなった。後々聞いた話だけど脱税で捕まったらしい。

でも胡桃は見てしまったんだ。ちらっと伝票を盗み見た時、ホストクラブの会計が相場よりかなりぼられていたこと。会長がトイレに行っている間、取り巻きの一人が酔ったふりをして周りのドンチャン騒ぎに紛れて携帯のデータを移していたこと。

金を持つと人が集まってくる。ハイエナのようにおこぼれにありつこうとして。もしくは弱みを握り財産を横取りしようとして。

秋晴れの澄んだ空――

もう九月に入ったというのに、最高気温は三十度。日中太陽に照り付けられたアスファルトの上を歩くだけで、薄らと汗ばんでくる。今日の胡桃はキャミソールにGジャンを羽織り、オフホワイトのサブリナパンツ。全身アルマーニで統一した。最近物欲が出てきたみたい。いつも鞄に入れて持ち歩いていた四冊の貯金通帳。三冊は貯蓄専用で残りの一冊は引き出し専用。ペイオフ対策で一千万ずつ口座に振り分けた。

十八歳でキャバクラデビューして特別贅沢もしなかったから、二年半で三千五百万貯まった。今までは、貯金通帳に並んだ数字を眺めるのが一番好きな時間だった。最近は通帳を見ても味気ない。やっぱり数字はただの数字。何も語りかけてはくれない。胡桃に優しく微笑んでくれたりもしない。

店で少し話せる友達が出来た。ティアーズの静香《しずか》は胡桃より一つ年上で、掛け持ちで芸能の仕事をしている。ちょっぴり天パーで目がぱっちりして歌が上手い。見た目は全然違うけど、明るい麗子って感じでウマが合った。週末は静香を誘って銀座のブランドショップ巡りも悪くない。

何処からか漂ってくるカレーの匂いを嗅《か》ぎながら、ルンルン気分で新宿に向かった。

「おはよ、クルクルあのさ……」

　店に出勤すると、松浦が明らかに険悪なムードで話しかけてきた。

「何？　胡桃何も悪いことしてないよ？」

「この『マル2』に載っているの豪ちゃんだよね？　ほらこの頁、横浜時代でちょっと雰囲気違うけど」

「は？」

　マル2とは有名なホストの業界誌。見れば横浜のホスト名鑑のところに、立花《たちばな》豪というホストの名であの豪が写っている。

――げっ！　本当にホストだったんだ
「知らなかったの？」

「当たり前だよ。だってパッと見闇金かヤクザじゃん！　冗談かと思ってた」

「うちはホスト出入り禁止なの知っているでしょ？　まずいなぁ～」

　店のキャストの誰かが告げ口したに決まっている。わざわざこんな昔の業界誌なんて持ち込んで。

「でも豪ちゃん私に営業したりしないよ！　今まで知らなかった訳だし、週五で通ってくれている太客なんだから」

「でも店のルールだから」

松浦はムカつくほど譲らなかった。これ以上、下の人間に盾ついてもきりがない。

「もういいよっ松浦のバーカ！」

胡桃は膨れっ面になりながら、店で一番権限のある倖田部長に電話をかけた。

「部長お願いっ！　豪ちゃんは綺麗に飲んでいくし、太いから今切れたら困るの」

数十分間粘ってようやく条件付きでＯＫが出た。

『胡桃がそこまで言うなら今回だけは特別だぞっ！』

今月No.１を取ることを約束して、豪の出禁話はなくなった。胡桃はティアーズに入店してから常にNo.２だった。それが心地良くなっていた。プレッシャーも感じない。無理もしない。苛めもない。

――面倒臭い
でも約束だしNo.１取らなくちゃ。

こういう時に都合がいいのは――

「ついに胡桃に遣ったトータルが二千万円突破いたしましたっ！」

「凄～い！　おめでと～う」

やけくそのベートーベンとドンペリで祝杯をかわした。

「コウちゃん、今月はいっぱい会いたいの。胡桃、No.1取らないと部長に叱られちゃうから」

「胡桃に遣った金額考えるともう後戻りは出来ないから！　けど、素敵なご褒美頂戴」

「じゃあNo.1になったら胡桃、コウちゃんのお家遊びに行く〜」

「本当っ!?　嘘、嬉しい〜」

「No.1取れたらだよ？　だから今日は全部飲み直しにしてね」

「いいともっ！」

今夜だけで、キャッシュローンとコンビニのATMを回らせて五十万の支払いをさせた。元々No.1の杏奈とのポイント差なんてあまりなかったから、この調子ならいけそうだ。後は何人か太客を呼べばいい。豪にも責任とって協力してもらおう。

——あ〜ぁ面倒臭い
ベートーベンの家に行く前に、冴木に電話して赤玉調達しなくっちゃ。

《コツコツコツコツ……》

胡桃のヒールの高いのサンダルの音。

《ペタペタペタペタペタ……》

誰かに後を尾《つ》けられているような感覚。何となく後ろを振り返る。誰もいない。今は丑三《うしみ》つ刻《どき》を少し過ぎた午前四時過ぎ。仕事を終えてタクシーで真っ直ぐに家に向かい、一階のコンビニでお菓子と飲み物を買った。外は白い霞《かすみ》がかかっている。視界も悪い。それとなく後ろを気にしながら、いつも通りエレベーターに乗って四階のボタンを押した。

《チンッ》二階で突然ドアが開いた時は、心臓が飛び出るほど驚いた。

でも——誰もいない。

気味が悪い。胡桃は閉めるボタンを連打した。

《バタンッ》閉まりかけた扉に体当たりするように、いきなり痩せぎすの男が走り込んで来た。

《ハァハァハァハァ……》荒々しい息づかい。よっぽど急いで来たらしい。

「痛いっ！　エレベーターのドアに腕ぶつけたよぉ〜あぁ痛い、痛いよぉ」

その男は顔を歪め、エレベーターの隅にしゃがみ込んでしまった。

「あの大丈夫ですか？」

胡桃は何だか自分が悪いことをしたような気になって、一応声をかけてみた。

「…………」

男は首を横に振るだけで返事はない。自分で乗り込んで来た訳だし、派手にぶつかった訳でもないから絶対に痛いはずがないのだ。少し様子がおかしかった。

《チンッ》エレベーターが四階についてドアが開いた。

「あの……お大事に」

胡桃が声をかけてエレベーターを降りかけた瞬間——

《ガバッ》いきなり後ろから胸を鷲摑みにされてエレベーターに引き戻された。

——何っ!?

咄嗟のことで声も出ない。男は素早く胡桃のキャミソールをずらして、胸にむしゃぶりついてきた。スカートじゃなくて良かった。サブリナパンツの上からでも指をグイグイ入れてこようとする。

——犯される!

パンツのボタンに手をかけた瞬間、胡桃は全身の力を込めて思いっ切り男の腹に蹴りを入れた。男が一瞬怯んだすきに、胡桃は這ってエレベーターから飛び出した。男はすぐに体勢を立て直して、胡桃の足を摑み、またエレベーターに引きずり戻そうとした。この男の目の血走り、尋常じゃない。

「いやぁ〜助けて!」

ようやく大声で叫んだ。男は、

「だって君が悪いんだ、だから僕のせいじゃない」と呪文のように呟いた。

飴玉

——お母さんごめんね……

言われた通りやっぱり防犯ブザー持ち歩いていれば良かった。

「だって君が悪いんだ。だから僕のせいじゃない」

——あぁ……あの時聞いた台詞

あの日、健介と電話した日から君はずっと狙っていたんだね。

《ズルズルズルズルッ》身体が引きずられていく。エレベーターに吸い寄せられていく。知らなかった、エレベーターって案外声が漏れないってこと。

「もうっ放してよ！」怖いけど必死に抵抗しているのに、何度も何度も蹴り飛ばしているのに、どうしてこいつ離れないのっ⁉

蛇だ。まるで蛇みたいなしつこさだった。

《スパンッ》乾いた音がエレベーターの中に響き渡り、男がポケットから折り畳《たた》み式の鋭く光るナイフを取り出した。

「クククククッ……抵抗してもいいよ〜」

——もう駄目だ……犯される

そう思った。精神的に極限状態だった。もしかしたら殺されるかもしれない。全身から力が抜けた。男の手がズボンのチャックに触れた時、胡桃は抵抗する気力も失《う》せてしまっていた。男の熱くて生臭い息を首筋で感じながら、胡桃はきつく目を閉じた。

「ちょっと〜あんた達エレベーターいつまで停めているのよ？　全くもうっ！　こんなところではしたない。いちゃつくなら部屋でなさい！」

ごみ袋を両手に持ったクリクリパーマのおばさんが、非常階段から大声で怒鳴りつけてきた。早朝ということもあってかなり不機嫌そうだ。

——今しかない！

「たっ…たすけて下さい！　この人変質者です！　私いきなり襲われて……」

胡桃は声を限りに叫んだ。

「えっ⁉」

その時初めて見咎めたであろう男の手にしっかりと握られたナイフに、おばさんは小さい目を真ん丸く見開いてギャアーッ！　と猛々しいほどの悲鳴をあげた。

一瞬の隙をついて、胡桃は覆い被さっていた男の懐を抜け出した。

「チッ！　ババアが……」

男は這いつくばって逃げる胡桃の後ろ姿を見届けて、まるで何事もなかったかのように一階のボタンを押してその場から立ち去った。

「ま・た・ね〜」

エレベーターのドアが閉まる瞬間の男の薄ら笑いが、いつまでも胡桃の体に粘々と纏わりついていた。

「あんた大丈夫？　警察呼んだ方がいいんじゃない？　あの男、刃物持っていたし、まだそこらへんをウロついてるかも」

おばさんはゴミ袋を階段の踊り場に放り投げたまま、物陰からひょっこりと顔を出しておどおどした様子でこちらを眺めている。

——警察は呼べない
間違っても家族に連絡がいくようなことになってはならない。もうこれ以上皆の厄介者になりたくない。

「大丈夫です。奥さんが来てくれたおかげで助かりました」

「本当に？　どこも怪我してないならいいけど」

おばさんは、チラチラとエレベーターに視線を投げながら胡桃の傍に近寄ってきた。

「この辺りも物騒になったわね〜外国人も増えたし、意外と治安も悪いのよ。後で管理会社に電話してもっとセキュリティーしっかりしてもらわなくちゃ！　あんたもそんな寒そうな格好しているとまた恐い目にあうわよ？　胸なんてポロッと見えそうじゃない」

「はい、注意します。本当に助かりました。ありがとうございます」

ペコリとお辞儀をして、胡桃はようやく自分の部屋に戻った。部屋中の戸締りを確認して、男の生臭い吐息と粘ついた舌で舐められた体を念入りにシャワーで洗い流した。

——ごめんね、お母さん
カーテン越しに薄ら明るくなり始めた室内で、テーブルの上に置き去りにした防犯ベルが無言のまま胡桃を責める。普段どんなにとんがっていても、胡桃はやはりただの女の子だ。さっきのことを思い出すとまた怖くなって震えてくるから、ソファに蹲るように体を小さく丸めてテレビをつけた。

「おはようございま〜す！　朝早くからお台場に素敵なゲストの方がいらっしゃってくれましたよ〜！　いよいよ来週月曜から始まるドラマ……」

どんよりした胡桃の気分とは裏腹に、何とも爽やかな朝の顔ぶれ。もう『めざましテレビ』が始まっている時間だ。やっぱりフジテレビのアナウンサーが一番可愛いと思う。まだまだ寝付けそうになくて、ドリップしたばかりの熱い珈琲を飲みながら、ぼーっとテレビ画像を流し見る。皮肉にも今日最もいい運勢は蠍座《さそり》だった。今考えてみると、もしかしたらこの部屋は不動産屋の間では有名な『曰く憑き物件』だったのかもしれない。全ての元凶をこの部屋のせいにしたくなるほど、胡桃の災難はなおも続いていくんだ――。

豪と付き合い始めたのはそれから間もなくのことだった。はっきり言って豪は胡桃のタイプじゃなかった。交際を始めたきっかけは、店に週五日通ってくれたからでも、ちょっぴり強引な性格でも、この間のアフターでレオンという豪のホストクラブへ行った時、唄ってくれたスマップの『オレンジ』が意外なほど上手かったからでもない。

寂しくて誰かに寄りかかりたかった。特にレイプされそうになってからというもの、家に独りでいるのが怖い。こんな仕事でこんな性格だ。本当に心を許せる相手は、春日部の実家にいる家族と、つい最近二人目の男子を出産したばかりの麗子だけだ。

信用出来る相手が少なすぎる。いつも傍で支えてくれる相手が欲しい。好きになるのに理由はないと言うけれど、胡桃にはそういった意味で理由があった。だから一昨日のアフターの最中に酒の勢いにまかせて豪が告白してきた時、相手が拍子抜けするくらいあっさりとOKした。

「俺、色恋営業されてない？」なんて半信半疑で豪が胡桃の部屋に来てからもう丸二日になる。仕事にも行かず、一日のほとんどの時間をベッドの上で過ごし、だらだらと愛を育《はぐく》んでいた。

区役所から日暮れを知らせるメロディーがきこえてきた。さっき商店街で買ってきた灰皿に、一階のコンビニで買った煙草を添える。中田家は煙草を吸わないから、部屋に灰皿というものがなかった。たまたまだけど、豪は大輔と同じマルボロメンソールの煙草を吸っていた。

――今日は仕事行かなくちゃ

和食が好きな豪のために作った、肉じゃがと、きんぴらごぼうと、ブリの照り焼きをテーブルに並べて、なめこの味噌汁を温めなおす。我ながらいい仕上がりだ。多栄子が料理下手だったおかげで、胡桃は大分小さい頃から自炊する癖がついている。

エプロンで掌の水滴を軽く拭きとってから、勢い良く寝室のドアを開けた。

「豪ちゃんもう起きて〜！　御飯出来たよ」

「……う〜んあと五分だけ」

フニャフニャと寝ぼけ眼で起きてきた豪と二人で遅い朝食をとった。

《チリン……チリーン》カーテン越しに心地良い秋の風が流れてくる。

「あれっ風鈴なんて飾ってるんだ」

口いっぱいに白米を頬張りながら、きょとんとした顔で豪が呟いた。

「そう、タコ焼き屋のお父さんに買ってもらったの！　お友達なんだ」

「へぇ～キャバ嬢なのに風流じゃん！　モグモグ……飯のおかわりもらっていい？」

茶碗に特盛りの白米をよそった。二合半炊いた米が、豪の旺盛な食欲のお陰で見事にすっからかんだ。

「クルちゃん意外に料理上手いじゃん！　キャバ嬢なのに……今日は仕事行くんだっけ？」

「二日も休んだからいい加減行かないと。今月No.1取らなきゃ駄目って、この間も言ったでしょ？」

豪は急に何かを思いついたような無邪気な顔になって、テーブルの下に置いてあったカルティエの鞄から黒革の手帳を取り出した。

差してあったボールペンでメモ欄の余白に【立花胡桃】と書き綴って、満面の笑みで胡桃に見せた。

「俺も協力するからNo.1になったら同じ名字にしてよ！」

唐突に無理なことを言う。

「いきなり立花って名字つけたら、豪ちゃんと付き合ってるのバレバレだよ！　自分の客だっているでしょ？」

「俺オーナーだし、もう現役引退したから平気！　心配なんだ……俺がクルちゃんの色客じゃないって証明して！」

——客が切れる

胡桃は客を百パーセント色恋で引っ張っている。豪と付き合ってまで枕営業したいとは思わないけど、それでも色目を使い言葉巧みに相手を魅了し、一時のバーチャル彼女を演じなければならない。男の存在を匂わせてしまったら金にならない。

「考えておく……」

「決まりねっ！　今日同伴してあげるよ。兄弟もう起きてっかなぁ」

「お兄さんも呼ぶの？」

「兄弟は同じ年の親友だよ。響楓《ひびきかえで》っていうんだ！　一応レオンの代表だよ。あっ出た……もっしー？　兄弟、相変わらず眠そうな声してるねぇ。今日なんだけど店の前に一軒キャバ付き合ってよ。えっ……マジ？　あぁ香織に代わって……もしもしかおりん？　兄弟飲み連れてってもいいでしょ？」

暫く電話越しに説得のような会話が続いて、電話を切った。

「彼女大丈夫？」

「あぁ〜かおりんのことか……こいつは客で彼女じゃない。もともと美容師だったんだけど楓が吉原《よしわら》の風俗に落としたんだ。今じゃちょっとしたフードルだぜ」

「フードルって？」

「風俗界のアイドルってこと。キャバクラでも雑誌とかテレビに出て有名な女の子をキャバドルって呼ぶでしょ！　それと同じだよ」

「ふぅ〜ん。それで、そのかおりんはＯＫしたの？」

「いつまでもごちゃごちゃうるさいから、最後は兄弟が逆ギレしてた。あいつは昔から客のしつけが甘いんだよ！　まぁ、大丈夫」

すっかり空になった食器を片付けて、豪と一緒に湯船に浸かった。ＬＵＳＨのバスボムの甘い香りが気分を高揚させる。感情を抑えきれなくなって風呂場でセックスした。無理な体勢で絡みあったから、小学校でやった自転車の練習ぶりに膝小僧に青痣をつくった。

「クルちゃんは子供いないの？」

風呂を出て、洗面台の鏡越しにそんなことを言われた。

「えっ？　何なの急に」

「あっ……いや何でもない。ただキャバ嬢って密《ひそ》かに結婚してる子も多いじゃん？　託児所完備の飲み屋もあるし、もしいたら予め教えておいて欲しいんだ」

「子供なんていないよ！　まだ二十歳だし結婚もない」

一瞬だけど、過去におろした大輔の子供のことを思い出していた。

「そうか……何時に出れそう？　兄弟にメールしとく」

自分で訊いた割にそっけなく、豪はくるりと踵を返してスタスタとリビングに歩いていってしまった。この時に感じた違和感を、胡桃は後々に思い知らされることになる。ただこの時点では相手の言葉の裏を返すことも、それを想像する知恵も持ち合わせていなかった。


九月三十日の締め日――

倖田部長との約束通り、胡桃は杏奈を抜いてティアーズの№1になった。その中でも、秀でてベートーベンと豪の協力が大きかった。これで胡桃はベートーベンの家に遊びに行くリスクと、噂になるのを覚悟で豪と同じ名字に変えるリスクを同時に抱えることになった。

「胡桃、約束守ってくれてありがとう！　お前、腹減ってないか？　松浦も誘って、この後、下で飯でも食いながら軽く乾杯でもすっかぁ～」

倖田部長が上機嫌で力強く握手してきた。

月末ということもあって一階の食祭酒坊は混んでいた。入口の横のカウンター席しか空いてなくて、三人並んで座った。目の前の大きな水槽には、エンジェルフィッシュやカクレクマノミなどの色鮮やかな熱帯魚達が優雅に泳いでいる。

「胡桃、腹減っているだろ？　何でも好きなもの頼めよ！　店長鮪《まぐろ》のカマ焼きある？　それも追加ね。それにしても本当に頑張ったなぁ。まめにエデンに通った松浦の努力も報われたわけだ。そうそう、明日の撮影の話はもう聞いてる？」

「あっ……さっきクルクルに言おうと思っていて忘れてたんだ！」

松浦が背広の胸ポケットから皺になった紙切れを取り出した。

ファミリーといっても、やはり資本主義なのだ。今まで何年も不動の№1を守ってきた杏奈を破ったわけなのだから、店側も杏奈に代わる次世代として抱く期待も大きいのだろう。それからというもの『クラブアフター』や『ベストクラブ』をはじめ、スポーツ新聞や一般向けの求人雑誌など格段に胡桃の露出は増えていった。豪との約束で立花胡桃に改名してから、キャストの女の子達に陰で「やっぱりあのホストと付き合ってたんだね」って冷やかされることはあったけど、仕事の面では特に大きな影響もなかった。未だ守られていないベートーベンの自宅訪問を除けば万事順調、まさにこれからだった。

胡桃の人気が急上昇しそうなその時、皮肉にも豪の子供を妊娠した。

一度でも妊娠すると、体の中で起こっている変化みたいなものを敏感に感じとれるようになるらしい。生理予定日を数日過ぎた時、胡桃の中に確信に似た直感があった。そして試したチェック・ワン——あの時と同じ妊娠検査薬は、今回もはっきりとした縦線を表した。

産むかおろすか悩んでいる時、ドライブに行こうと誘われて、初めて豪の角ばったベントレーに乗った。静寂に包まれる車内の空気を、豪の思いがけない告白が打ち破った。

実はバツイチで、川崎に奥さんと五歳になる子供が住んでいること。毎月一定の養育費を振り込んでいること。横浜に小さい建設会社をもっていること。養育費とギャンブル代で豪の給料はなくなってしまう。飲みに行くお金や、胡桃とのデート代などは、未だに引っ張り続けている自分の色客三人から裏っ引きしていること。これらを踏まえた上で今子供を産まれては困ること。

「前にもおろしたことあるんでしょ？　どこかいい病院知ってる？」

決定的なその一言で胡桃の気持ちは固まった。

十月の中旬——
静香から紹介された高円寺にある高原クリニックに一人で中絶手術をしに行った。よぼよぼの医師とその奥さんと思われる小柄ではきはきとした看護師、受付の物腰柔らかな中年看護師が一人のとても小さな病院だった。大輔との忌まわしい過去があったから、今度はこうゆう小ぢんまりとした所がいい。薄いピンクのカーテンがかかったベッドが二台置いてあるだけのお粗末な個室に通された。

——まただ
胡桃はあの時と同じ蒼白い天井を見上げていた。私は何をやっているんだろう。どこまで馬鹿なんだろう。心を売って体を売って負の財産も相当溜めこんでしまった。麻酔でうつらうつらする意識の中で、胡桃は自分を責め続けた。

「さぁ先生のところへ行きましょうね」

中年看護師に手を引かれて、手術中と掲げられた一番奥の手術室に入った。中絶手術は無事に終わった。

「何も食べてないからお腹が空いたでしょう？　これを舐めると元気が出るから」

手術後の受付で看護師に黒飴を一つ渡された。飴玉ってこんなに甘かったっけ……口の中をコロコロと転がって胡桃の心を優しさでいっぱいにする。久しぶりに泣くことを思い出した。

動坂下の自宅マンションに着いたのは夕暮れ時だった。

《グォーグォー》寝室から豪の豪快な鼾が聞こえてきた。胡桃はそっと部屋を出て、商店街をトボトボと歩いた。人通りはまばらで閑散とした雰囲気が漂う。何となく花屋の前で足が止まった。そしてあの紫色の花を買った。部屋に戻り、花瓶に生けた。気持ちを落ち着かせるため、今日おろした子供への供養のために。悲しい胡桃の人生は、松虫草の物語そのものだった。

それ以降何となく豪を避けるようになった。胡桃に咲いた恋の蕾は、急激にしぼんでしまった。だが豪は全く悪びれる様子もなく、また胡桃の態度に気づくこともなく、その後も胡桃を求め続けた。

「今、客に詰められたんだ。サイトで俺らの関係が叩かれてるよ！」

『ホストＦＡＮ』という業界サイトで、二人の関係が明るみに出てしまった。

──だから言わんこっちゃない

同業者や客の間では意外に認知度は高いらしく、次第に闇金の客からも、豪との関係を追及されるようになった。体調の悪さも災いして、だんだん店を休みがちになり、出勤しても「胡桃ちゃんは彼とラブラブだもんね～」とキャストに客席であからさまな嫌味を言われるようになった。

疲れて部屋に戻ると、テーブルの上に《バカラしに行って来ます》と走り書きしたメモを見つける。胡桃が寝入って二時間ほど経つと、酔っぱらった豪から電話がかかってくる。

『レオンに顔出したら客に飲まされた。迎えに来て』

胡桃はスッピンのまま歌舞伎町に行き、泥酔した豪を抱えてタクシーに乗せる。そしてまた噂になる。全てが悪循環だった。居心地の悪い環境に耐えかねて、胡桃はとうとうティアーズを去った。お世話になった倖田部長や担当マネージャーの松浦、唯一の話し相手だった静香にろくに挨拶も出来ぬまま、逃げるようにして店を辞めた。

上野にある老舗キャバクラマスカレード――胡桃は今ここにいる。バイト感覚で気楽に働いてほしいという店長の意向を受け、暫く休息を取るつもりで働き出した。

「俺のセックス味わったら胡桃も離れられなくなるぞ」

今胡桃の隣で誇らしげに笑っているプロレス団体・阿修羅《あしゅら》の安西《あんざい》社長に微笑を返す。ジャケットから顔を出す分厚い財布が胡桃に語りかける。ここに金があるよって。

「じゃあ離れられなくさせて」

まだ当分、胡桃に安息の時は訪れそうもない。

第四章　栄華

伝説

そこはただの廃墟《はいきょ》だった。

地下に続く階段も所々にひびが入っていて、心霊スポットのように薄暗く湿った空気が流れている。室内も壁がぶっ壊されていて埃っぽく、垂れ下がるオレンジ色の裸電球がゆらゆらと揺れている。

無残に割れたBLUE　MOONの看板がパラパラと床に散らばって、その上をでっぷりと肥えたドブ鼠《ネズミ》が走っていく。

今胡桃が立っているのは、歌舞伎町の区役所通りを少し入ったホテル街の入口に建つ黒岩商事ビルの地下一階――。ここにはかつて百坪もある老舗大型キャバレーが入っていた。今はその面影も繁栄もあったものじゃない。

「何かお化け出そぉ。美々ちゃん、ここに本当に新店出来るの？」

「だと思うよ？　白鳥《しらとり》さんが言っていたし。でも、この分だと当分工事は終わらなそうだね。あっ来た！」

《パリンッ……ガチャガチャッ》

「やべっ⁉　ガラス踏んじゃった」

しきりに革靴の底を気にしながら、ぴっちりしたポール・スミスのスーツを着こなした彼はやってきた。

「お待たせ～！　いやぁ～こんなに華のある二人は歌舞伎町どこ探しても見つからないね。あっ！　そこ足元悪いから気をつけて！　まだ改装工事が終わってないから……」

饒舌《じょうぜつ》で紳士、けれど顔は腹話術師のいっこく堂にそっくりな彼が、今回の新店を一任されている白鳥部長だ。

「こんなボロイところじゃ夢売れないよ」

胡桃と美々は口を揃えて不満を垂れた。白鳥は満面の笑みを浮かべて、ブウたれる二人の肩にそっと自分の手をのせた。

「二人にはこの状態から見て欲しかったんだ。今は何もないこの場所から、歌舞伎町の新しい伝説が生まれるんだよ。内装も二億かけて、各店舗の№1だけを集めた史上最高のキャバクラが出来る。すべてのブームはここから発信されるんだ。君達はドルシネアをしょって立つ二大看板になる。歴史を創っていくんだよ」

――伝説……私が伝説を創る
胸の奥がぎゅっと締めつけられた。

「げぇ～店の名前ドルシネアなの⁉　意味不明だし、何か言いづらーい！」

美々が、顎を突き出すようにまた文句を言った。

「インパクトがあっていいだろう？　ドン・キホーテに登場する空想のお姫様の名前なんだ！　それにしてもクルクルと美々が友達なんて知らなかったな。お陰でクルクルの入店がスムーズに決まったよ」

「私が誘ったお陰でしょ～白鳥さん感謝してね。今度何かブランド物買ってもらおう！」

美々は得意気な顔をして、胡桃の左腕に自分の腕を絡ませた。


胡桃がこの二人から新店の誘いを受けたのは半月ほど前に遡《さかのぼ》る——

そう……出会いは突然何の前触れもなく訪れるものだ。

十一月に迎えた胡桃の二十一歳の誕生日の少し前に、初対面の二人組に指名を貰った。いきなり指名された訳だけど、メディアに出てればよくあることで、とり立てて気にも留めなかった。センスのいいスーツを着た、いっこく堂にそっくりな男と、エミリオ・プッチのネクタイを締めた背の低いボディパーマの男は、一見してアパレル関係といった洒落た雰囲気で、名刺を出されるまでキャバクラの幹部には見えなかった。

「僕はね、キャバクラをオープンするにあたって、真っ先に胡桃ちゃんを引き抜くことに決めたんだ」

最初は軽く受け流すだけで、引き抜きの話にちっとも乗り気じゃなかった。刺激はないけど楽チンな上野のペースに馴れ、セックスとギャンブル三昧《ざんまい》な豪との堕落した生活に溺れていた。けれど白鳥部長と連れの遠藤店長は二日と空けずにまた指名でやってきた。

「胡桃ちゃんは売上制？　だったらピンドン入れるけど」

「まだ移籍するって決めてないのにいいの？」

「だって絶対に新店に移りたくなるもの！　胡桃ちゃんはこんなところで燻っている器じゃないだろう？　オープンに合わせてクラブアフターの表紙とベストクラブのコラム連載、売上小計六十パーセントでノンペナルティー、ちなみに売上制は胡桃ちゃんだけの特別システムだよ。あっ、それとこの間言っていた写真集のことだけど、社長に確認したら店内で売っても大丈夫だって！」

「桜田《さくらだ》さんに言ってみる。明後日からもう撮影始まるし、八百万もお金出してもらっているから胡桃一人じゃ決められないよ。まだ本当に店を移るかも決めてないし……」

胡桃の太客で桜田という大手芸能事務所の幹部がいた。上野のマスカレードに移籍してから比較的すぐに客になった。前々から業界誌を見て胡桃のことを気に入っていたらしい。

「俺にはかみさんも、小四になる息子もいる。たまたま知り合いが持っていたキャバ雑誌で、胡桃の写真を見てビビッときた。会ったばかりだけど本気なんだ、俺は愛人なんて表現は不純な感じで好きじゃない。胡桃、俺の彼女になってくれ！」

　桜田は一見クールそうに見えて、かなり情熱的な男だった。毎日毎日、数人の部下を引き連れて胡桃を口説きにやって来る。

「俺はこういう店に一人で来るタイプじゃない。仕事で近くまで来て時間が余ったから喫茶店代わりに寄っただけだ」

　いまいち格好がつかないのか、ブツブツとそんな言い訳しながら一人で飲みに来ることもあった。桜田がどうして胡桃の写真集を作りたいなんて思いたったのか——。純粋にただのいちファンとして、八百万もの金を投資し、事務所の人脈を使って、業界でも有名なカメラマンやスタイリスト、ヘアメイクアップアーティスト、デザイナーを集めていたとしたら相当な物好きだ。

「胡桃のそのキラキラする若さは、今だけの財産だ。二十一歳の胡桃を記念に残しておきたい。家に帰っても堂々と胡桃を眺めていたい」

　桜田は真剣だった。

——写真集なんて芸能人みたいだな
胡桃にとってもその話は魅力的だった。それに桜田の持っている社会的地位は安心材料だった。

写真集の撮影は早朝からだった。最初はスタジオ撮りで、代々木八幡にあるカメラマンの事務所も兼ねた広々としたところだった。平野《ひらの》というそのカメラマンは有名な人物で、長年週刊誌の表紙を撮り続けており、グラビアアイドルや人気アーティストの写真集も手掛けていた。もっさりした口髭を生やし、笑うと目がなくなってしまう。人の好さが顔ににじみ出ているといった感じの人だ。

「胡桃さんは、桜田さんに聞いたところだと今までに撮影の経験があるんだって？　じゃあ普段通りにリラックスして、色々ポーズ決めてっちゃって構わないから」

撮影は今までのそれが何だったのかと問いたくなるほど、本格的で神業がかったプロの仕事を思わせるものだった。今日はスタジオ撮りだけの予定だったけど、平野の閃《ひらめ》きで急遽《きゅうきょ》屋外の橋の上で時期外れの水着撮影をすることになった。引っ切りなしに通行人が行き交う名前すらついていないような廃れた橋の袂で、脚立を使っての水着撮影が始まった。胡桃の真下では、轟音をまき散らして黄緑ラインの山手線が忙《せわ》しなく走り去っていく。真っ青な空をバックに真っ白な水着が意外なほど力強く、パンチの利いた絵図を作りあげた。写真には意外性が必要なのだ。こういった斬新《ざんしん》な発想が、見る者に未曾有《みぞう》の感動を与える。ほぼ丸一日を費やして初日の撮影は終わった。

「おつかれ様でした〜」

現場のヘアメイクさんに店にこのまま出勤出来るようにセットしてもらって、代々木八幡から空車のタクシーを捕まえた。

上野に向かう道すがら、胡桃の携帯にいきなり『店前同伴しないか？』と白鳥から連絡が入った。

まさにグッドタイミング――移籍はまだ決めかねていたけれど、先行投資は大いにありがたい。胡桃の根底に潜むキャバクラ嬢特有のしたたかさを実感した。十分後に一階のエレベーター前で待ち合わせをして、そのまま同伴してもらった。

「新店には他に誰が来るの？」

白鳥が平然と言ってのけたメンバーは、それこそキャバクラ界を代表する各店舗の№1の寄せ集めだった。その中に大宮ラブ&シュシュ、歌舞伎町エデンで一緒だった美々の名前もあった。

「へえ、美々ちゃんも入るんだ？」

「あれ、知り合い？　そうか……」

白鳥はいたずらっぽく笑って「今日の撮影はどうだった？　寝不足だったんじゃないの？」と話題を変えた。

「胡桃さ〜ん、お願いします」

初日の撮影の様子を探りに桜田がやって来た。プロによるメイクとセットのお陰で今夜の胡桃は垢ぬけて美しかった。桜田はしこたま機嫌が良い。全く男は単純にできている。

「写真集は俺一人で楽しむには勿体ないから、新店で売らせてもらったら？　一部いくらで売るかは仕上がり次第だけど、胡桃が自由に決めたらいい。ちょっとした小遣い稼ぎになるだろう」

桜田は、八百万の製作費にはてんで無頓着《むとんちゃく》で、新店での販売に快く了解してくれた。


「さ〜よならといえ〜ば君の〜傷も少しは癒え〜るだろう〜♪」

レオンの店内に響き渡る豪の甘ったるい歌声。スーツマジックか、アルコールのせいなのか、マイクを持った豪はいつもの三倍いけて見える。例によって、胡桃はまた豪を迎えに来たわけだ。今日は№1の次郎《じろう》の誕生日イベントで、午前十一時にもかかわらずまだ数組の客が残っていた。次郎は、若く、端正な顔立ちをしていて、国立大学出で頭も良いから年齢を問わず熱狂的な崇拝者が多い。胡桃はクタクタを通り越して、シャブでキマッたような妙なハイテンションになってきた。いくら二十一歳といっても、いくら豪の奢りといっても体力はとっくに限界だった。酔い醒ましにボルヴィックを飲みながら、豪に新店の話をした。

「だから、また歌舞伎町で働くかもしれないの」

「マジで？　じゃあ毎日一緒に帰れるねぇ。酒吐いたら復活してきた！　どうせ次郎の客が帰るの昼過ぎだから、終わったら焼き肉でも食って、帰りにスタジオでツーショット写真撮ろうぜ！」

徹夜明けの二日酔いでパンチの利いた焼き肉を頬張り、ランランとした頭でグラマーに撮影に行った。

「はいじゃあ撮るよ。もう少し腕絡ませて……そうそういい感じ」

出来上がった写真を見て爆笑した。とても人には見せられない。ホストとキャバ嬢のちょっとしたお遊び。毎日がノリで過ぎていく。

「これ、ここに飾ってもらおうか」

豪が無邪気に問いかける。流石にそれは断った。

《ワンワンワンッ……カリカリッ》

「おう、桃《もも》ただいま〜」

豪はこの頃から自分とそっくりの桃という雌のパグ犬を飼い始めた。胡桃はどちらかというと猫派だから、あんまり犬の可愛さがわからない。部屋に同じ顔が二つあるなんて、何だか変な感じだ。桃は仰向けに腹を出しながら、自分と同じ顔の主人にいつまでも媚びていた。

胡桃の眠さはすでにマックスだった。横になる前に、フレッシュジュースを飲みたい。冷蔵庫を開けた。ガランと殺風景な室内に、数本の缶ビール。サンダルをつっかけて渋々買い出しに出かけた。

「あらっ？　この間の……」

エントランスで、クリクリパーマのおばさんに声をかけられた。

「こんにちは、その節はどうも」

軽く会釈をして目を逸《そ》らした。自分が酔っ払いだと気づかれたくはない。

「ねえねえ、あなた髪はずっと短いの？」

「はい、暫くショートです」

「御兄弟は？」

「実家に三つ下の弟が一人いますけれど……何か？」

「変ねぇ〜この間四〇二号室から髪の長い女の人が出てきたのよ。てっきりあなたのお姉さんだと思ったの」

「えっ!?」

背中にブワッと寒気が走った。

「私の部屋に入っていたってことですか？」

「そうよ、でも出てきたところを見かけただけだから、私も顔をはっきり見ていないの。お隣の四〇一号室の卜部《うらべ》さん、私のスイミングスクールのお友達だから」

怖くてそれ以上訊けなかった。考えられる可能性を頭の中で探ってみる——

第一の可能性、豪の裏っ引き用の色客。豪は合鍵を持っているし、隙をついて鍵を盗まれたのかもしれない。業者に頼めば、こんな単純な合鍵など作るのに一時間もかからない。嫉妬に駆られて二人の関係を探りに来たのかもしれない。それとも川崎の嫁？

第二の可能性、この間のレイプ男。蛇みたいにしつこい男。女装をしてピッキングで部屋に侵入、また胡桃を襲いにきたのかもしれない。

第三の可能性、あのおばさんが嘘をついている。主婦は常に退屈している。胡桃をわざと怖がらせて、怯える様子を楽しんでいるのかもしれない。後は……幽霊？　そんなわけないか。

努めて冷静さを装いながら、一階のコンビニで大量の飲み物を買った。北風が胡桃の頬をなぶっていく。真っ赤に悴んだ手が震えている。原因は寒さのせいだけではなかった。部屋の玄関先にドッカリ荷物を放置して、厳重に戸締りをした。

《グォーグォー》静寂に包まれた室内に、豪快な豪の鼾が響き渡る。出がけにあんな話を聞いたせいで、ちょっと頭が冴えてしまった。押し殺した静かな音で見たくもないテレビをつけた。飛び込んできたプロレス中継。ちょうど緑色のタイツを穿いた安西が、対戦相手にエルボーをきめているところだった。ライブ放送じゃないようなので、安西社長に電話をかけた。

《プルルル、プルルルル、プルルルル、プッー》四コール目で電話に出た。

『はい』。低く凄味のある声。

「もしもし、胡桃だよ！　今ちょうど安西さんがテレビに映っていたから電話しちゃった。ごめん、忙しかった？」

『今は練習中だからな。後で店に行くよ。お前今日出勤？』

出勤時間を告げて、慌ただしく電話を切った。

肌寒くて目が覚めた。テレビの画像がやけに明るく、覚めきっていない胡桃の目をしょぼつかせる。あのままソファで寝てしまったようだ。部屋は真っ暗闇。携帯が光っている。一件は店から、もう一件はわからない。かけ直そうとして電話を切った。時刻は午後八時を回っていた。

——やばい、完全に遅刻だ！

安西社長はいつも午後九時過ぎには来店する。ドタドタとバスルームに駆け込んだ。カラスの行水、大雑把にシャワーを浴びて身支度をする。鏡に映った胡桃の顔、酒でむくんで腫れた瞼。

寝ている豪に気遣いながら寝室のクローゼットを開けた。

――今日はやけに静かだな
そっとベッドを覗き見る――そこに豪の姿はなかった。

《次こそ勝ってきます！　期待して待っていてね》テーブルにいつも通りの置き手紙。いい加減嫌気がさす。気持ちを切り替えて、安西社長が待つ店に急いだ。店に向かうタクシーの中で、着信のあった番号にかけ直した。

『もしもし？　久しぶり～元気だった？』

甲高い笑い声――この声に聞き覚えがあった。

「美々ちゃん、急にどうしたの？」

『白鳥さんに番号教えてもらったんだ。クルクルまだ迷っているんだって！　一緒に新店移ろうよ。友達多い方がやりやすいじゃん』

「そんなものかなぁ……」

胡桃は何となく美々に流されるまま、とりあえず月曜日に新店の内装を見に行く約束をした。

豪はその後四日間部屋に帰ってこなかった。胡桃の携帯に『腹減った。今から帰る』とメールが届いて、食事の支度をして待っていても豪はその日も帰ってこなかった。

四日目の早朝、豪は首にキスマークをつけて掌に十万握りしめて帰ってきた。胡桃は冷めきった食事を三角コーナーに投げ捨てた。

オレンジ

「ほら、勝ってきたよ」

四日ぶりに帰ってきた豪の口から出た言葉。テーブルの上にポンと置かれた現金——四日間留守にして持ち帰ってきた、たかだか十万円ぽっちの現金。何をして作った金かは何となく想像できる。豪は冷蔵庫のコーラをラッパ飲みしながら、得意げに微笑んだ。

「私、豪ちゃんと別れたい……」

胡桃は呟いて黙り込んだ。台所に立ち新しく珈琲を淹れる。

「またまたぁ～悪かったって！　そう短気になるなよ」

豪は冗談ぽく流しながら、胡桃の腕を引っ張りきつく抱き寄せた。首のキスマーク、今度はっきりと確認した。浮気相手から胡桃へ、宣戦布告のメッセージ。

「もう疲れた、何もかも。あの日、豪ちゃんの子供おろした日に別れればよかった」

「どうして？　あんなに上手くいっていたのに、何でいきなりそうなるの？　他に好きな奴できた？」

豪はちっともわかっていない。子供をおろして私がどんなに苦しかったか、傷ついたか、考えたことなどないくせに。

「そんなんじゃないよ。でも、今は豪ちゃんのこと好きじゃないの。冷めちゃったの。なるべく早く荷物まとめて出て行って。豪ちゃんの部屋まだ解約してないんでしょ？」

「落ち着けって！　もう一度冷静に話し合おうぜ」

豪はおどけた表情をして、慣れた手つきで服の上からブラジャーのホックを外した。

「そうやって誤魔化さないでよ！　今まで散々好き勝手したくせに、エッチしたい気分じゃないの」

「ごちゃごちゃうるせえな！」

《ドスンッ》乱暴に胡桃をソファに押し倒した。

「嫌だってばっ！　いい加減にしてよ！」

胡桃は覆いかぶさる豪を振り払って、ソファで呼吸を落ち着かせながら服の乱れを整えた。

「てめえ、こっちが下手にでれば調子乗りやがって……」

《ボスッ》鈍い音がして、胡桃は床に吹っ飛ばされた。息苦しい、思いきり脇腹を蹴られたようだ。髪を摑まれて勢い良く壁に叩きつけられた。鼻が熱い。血が出ていた。豪は般若みたいにおっかない顔をして、胡桃をギロリと睨みつけた。頭がパニックになった。

「やめて、痛いよ……」

「別れるとか、てめえ調子乗ってるんじゃねぇぞっこら！」

豪は完全にキレていた。胡桃に対する今までの陽気さが偽りであったと思わせるほど、汚い罵声を浴びせ、蹴り飛ばし、叩きつけ、突き飛ばした。幸い拳《こぶし》で顔面を殴られることだけはなかった。豪の息が乱れる数十分間、暴力は繰り返された。

鼻と口から血が飛び散った。目が覚めるほど赤く鮮明な血。かつてストーカー化した将に首を絞められたことがあったけれど、そんなの比じゃないくらい激しい暴力を振るわれた。

「考えなおしてよ」

「…………」

「俺、まだ別れたくないよ」

「…………」

胡桃はボロボロの顔でキッと豪を睨みつけた。ショックが大きすぎて言葉が上手く話せない。心の底から沸き上がってくる憎悪。もし手元にナイフがあったら、怒り任せに豪を刺し殺していただろう。

「俺、カッとなりやすいんだ。こんなに殴ってごめんね。お前のこと傷つけるつもりはなかったんだ。これからは絶対に手をあげないから！　だから別れるなんて悲しいこと言わないで……」

豪は泣きそうに切ない顔で、ボロボロな胡桃の体を抱きしめた。飴と鞭。ホストがよく使う手口。でも私は引っ掛からない。甚《はなは》だ男運はないけれど、決して愚かじゃない。

「殺して……」

「はっ⁉」

「もう無理だよ。見ればわかるでしょ？　私達はもう駄目だよ。でも別れるって言ったら、豪ちゃんさっきみたいに殴るんでしょ？　だったらひと思いに殺して」

目からポロポロと涙を流しながら、震える声で言い捨てた。胡桃が見せた、精一杯の強がりだった。

「…………」

豪は煙草をくわえ、ただ黙って立ち上る煙を見つめていた。

《ウヴーワンワンワンッ……カリカリ》ゲージの桃が、散歩に連れて行けと駄々をこねる。

「本当に俺たち最後なの？」

「そうだよ」

《ハァー……》豪は深い溜め息をついて、がっくりと肩を落とした。

「後でまとめて荷物引き取りに来る。それまで桃預かっていて」

最後に一言呟いて、うな垂れるように部屋を出て行った。胡桃は立ち上がり、そっと豪の後に続いてドアを開けて見送った。

――さようなら
声をかけようとして思い留まった。エレベーターが閉まる瞬間、豪が泣いているのが見えたから。


その夜はそのまま仕事を欠勤した。顔を腫らし、体中青痣だらけでは客に夢を売ることは出来ない。豪に振るわれた暴力よりも、最後に見せた涙が胡桃の心を揺さぶっていた。

ＣＤコンポにあの曲をセットした。大好きだったスマップの曲。豪がよく唄っていた『オレンジ』は、皮肉にも別れの曲だった。溜めていたすべてを吐き出すように号泣した。泣いて泣いて、拭い過ぎて頬がヒリヒリするまで泣き続けた。お粗末なベランダの窓を開けた。泣いて火照った頬に、冷たい晩秋の風が吹き抜ける。まるで枯れ木にでもなったような孤独を感じた。

　その夜十時過ぎ——多栄子から電話があった。

『日曜は帰って来られるの？』

　多栄子は家で晩酌をしているらしく、少しばかり酔っていた。何だかいつもと様子がおかしい。気分転換もかねて、久しぶりに帰省することにした。豪の携帯に短いメールを入れる。荷物を取りに来てもらう日を日曜日にして欲しいとの旨を伝えた。荷物を運ぶ様を見ているのも寂しいものだし、胡桃が居ない方が向こうも都合が良いだろう。


　爽やかな秋晴れの日曜日——

　コンシーラーとファンデーションを厚塗りして、上手いこと顔の痣を隠した。上野駅の構内でお土産のお菓子を買って、十一時十分発東京メトロ日比谷線に乗って春日部の実家に帰った。

「先週、ケイトが修学旅行で二泊三日で京都に行ってきたの」

　久しぶりの母との昼食。胡桃は料理下手な多栄子が作ったドロドロの野菜カレーを食べた。ルゥがもたついているわりに味がない。

「へぇ～私も行ったよ。もうそんな時期なんだね」

「それがね、六班に分かれて行動するんだけど、ケイトだけずっと独りぼっちで観光していたみたいなの。私が作ったお弁当も、バス停のベンチに座って一人で食べたって。つまらなかったってそういうのよ。使い捨てのカメラ持っていったのに、一枚も記念写真撮ってこなかったし」

「何それ……」

ショックだった。胡桃は人一倍孤独を知っている。だからせめて家族だけは、いつまでもお気楽で、平凡で、幸せでいて欲しい。そう願っていた。

「もしかして苛められているの？」

訊きながら不安で胸がいっぱいになった。

「暴力とか、お金をせびるとか、そういう類じゃないらしいの。集団シカトっていうか、居場所がないっていうか、もっと陰険なものよ」

閉鎖的な進学校では、ありそうな話だった。けれどまさか自分の弟がターゲットになるとは思わなかった。

「ケイト、今どこ？」

「ずっと自分の部屋に閉じこもって勉強しているわ。もうすぐ大学受験だから。どっちにしてもあと数ヶ月で卒業だし、無事に試験に合格してくれたらそれで丸く収まるんだけど」

流し込むようにカレーを平らげて、三階のケイトの部屋に向かった。ドアの向こうから、微《かす》かにラジオの音が漏れている。

《コンコンッ》

「ケイト、ただいま。お姉ちゃんさっき帰ってきたの。また暫く帰れないからちょっとくらい顔見せなさいよ」

《ガチャッ……キィ》

「姉ちゃん入って」

ケイトは小さめの勉強机にファッション雑誌を広げ、ラジオで東京FMを聴いていた。

「母さんに何か吹き込まれた？　まったくお喋りだなぁ」

胡桃はベッドに腰を下ろした。ケイトは顔だけをこっちに向けて、相変わらずラジオのDJに聴き入っている。

「聞いたよ、そんなつまらない旅行バックレちゃえばよかったね。いつからそんな感じなの？」

「今年クラス替えしてから。周りと意見が合わなくて。僕、塾も行ってないでしょ？　皆有名な塾で一緒とか、家庭教師つけてるとかで何となくグループみたいなのが出来ているんだ。僕はそういう仲間には入れてもらえない。一学期末のテストでいい点とってから皆に無視されるようになった。ねえ、煩いから母さんには言わないでよ？」

「そんなのただのやっかみじゃない？　ムカつくっ！　皆ぶっ飛ばしちゃいなさいよ」

「なるべく揉め事は避けたいからいいよ。ただ今は親の存在が鬱陶しいんだ。いちいちオーバーだしウザイよ。だから姉ちゃんに言ったことは内緒ね。姉ちゃんはたまにしか家に帰ってこないから何でも話せるけどさ」

「ケイトもついに反抗期か！」

「別に……」

ケイトは拗ねたように口を尖らせた。

「大学はどこを受けるの？」

「東都か慶央」

「凄いじゃない！　学園祭は絶対に呼ぶのよ？」

「大学はこの二校にしろ！　って勧めたのは姉ちゃんだよ？　親父が早世田だから、同じ大学に入ると先輩風吹かれるからやめておけって――覚えてないの？」

「あ……そっか！」

「マジでいい加減だなぁ～」

ケイトは笑っていた。姉に気を遣って、カラ元気を装っているだけなのかもしれない。思いの外元気そうにも見えた。そんなケイトがいたたまれなかった。
——私にまで気を遣わなくていいんだよ
喉まで出かかって言えなかった。言ったらケイトが壊れてしまう気がしたから。

翌朝早くに家を出た。春日部駅から、八時三十六分発東武伊勢崎線に飛び乗った。乗換が予定よりスムーズに運び、一時間弱で上野駅に着いた。中央口の改札から出て、その足で近くの銀行に入った。

「申し訳ありませんが、御本人様でないと口座をお作りすることが出来ません」

窓口でケイト名義の預金通帳を作ろうとして、丁重に断られた。

——こんな場面で闇金の煽りをうけるなんて
普段は大いにありがたい闇金客の存在。今回ばかりは辛酸を舐める結果になった。仕方がないので、自分名義で新しく口座を作った。いつの日か、ケイトにプレゼントするその日まで一度も下ろさないと心に誓って、引き出し用のキャッシュカードはその場で破棄した。思い返せば今まで何一つ姉らしいことをしていない。キャバクラ嬢として、弟に出来る唯一の償い——それは金。

《ガンガンガンガンッ……》豪との想いを断ち切るように、鈍い音が部屋中に響き渡る。

額にはうっすらと汗がにじんできた。

——金、金、金、金
何かに取り憑かれたかのように包丁の柄を叩きつける。

冴木に都合してもらった赤玉——細かく砕いてパケ（紙包み）に入れた。念のために財布には予備のハルシオンもスタンバイ。ベートーベンの携帯を鳴らす。四回のコールの後留守電に切り替わった。

「胡桃だよ！　コウちゃん、明日アフターでお家に遊び行っても良い？　連絡頂戴」

メッセージを残して電話を切った。

これで準備は整った。明晩計画を実行に移す。胡桃にはもう他に進む道はない。

ベートーベンの家

「いらっしゃいませ、ご予約は戴いておりますか？」

上野御徒町《おかちまち》駅から徒歩約三分、知る人ぞ知る炭火焼ステーキの名店ゲラン——今夜のアフターが決まったベートーベンに我儘を言って、ちょっぴり贅沢にステーキ同伴だ。店の中央の大きな暖炉で、サンタクロースみたいなマスターが、肉汁たっぷりの分厚いヒレ肉を焼いてくれる。

「いやー今日は酒が美味いなぁ〜！　胡桃に注ぎ込んだ額二千万！　今まで命を削る思いで頑張ってきた甲斐があったよ！」

ベートーベンはグラスの赤ワインを口に運びながら、ちらちらと胡桃を盗み見ている。下から上へ、襟元から胸の谷間へ。粘ついたエロ目線——今日だけは我慢する。

「コウちゃん、今夜はラストまでいてくれるよね」

「当たり前だろう！　そのために借金あるのに残業すっぽかして来たんだから！　先は長いしペース配分考えて体力温存しておかなくちゃ……」

「胡桃もずっと楽しみにしていたんだよ。今夜は楽しもうね」

メインはアフター。今夜のベートーベンはいつになく財布の紐が緩い。

「もちろんだとも〜この日のために血の滲《にじ》むような努力をしてきたんだから！」

「もう、オーバーなんだから」

食後のバニラアイスクリームを頬張りながら、胡桃はにっこりと微笑んだ。腕時計に目を落とす、午後八時五十分——そろそろ出勤の時間だ。

十一月下旬の火曜日——

マスカレードの客入りは八割程度。この時間帯にしてはまずまずの盛況ぶりだ。上野という土地柄、客はサラリーマンととりわけパチンコ屋が多い。

「お願いしま～す」

今日は特別な日だから――そう言い聞かせてピンドンで乾杯した。酒の力も手伝って、ベートーベンのテンションはさらにヒートアップ。用心のために仕込んだ赤玉とハルシオン。念のために目薬もポーチに忍ばせてきた。飲み物に入れると睡眠を促す作用があるらしい――昔見たテレビ番組に肖《あやか》って持ってきた。女の子はいつもいざという場合を考える用心深い生き物だ。たとえそれが余計な心配であったとしても。それにベートーベンに限っては確実に下心があった。

「もう一本ドンペリ入れる？」

「でもあまり酔い過ぎちゃうと、いざという時に頼りない結果になって胡桃をがっかりさせちゃうから……」

「お願いしま～す、ピンドンもう一本」

ベートーベンの言葉を遮って、ボーイに追加でシャンパンをオーダーした。

「まだ全然大丈夫じゃん！　お祝いだし、もっと一緒に乾杯しよ」

胡桃は身体をくねらせながら、ベートーベンの膝に手をのせた。

「それでは改めて、今夜の二人に乾杯！」

ラストまでの会計〆て六十万円。ＡＴＭで引き出せる五十万円、残りの十万円はカードで切らせた。

「有り難うございました！　またのお越しを……」

威勢のいいボーイの掛け声に見送られて、ベートーベンと共に店を出た。外は身を切られるような寒さだった。心持ちオリオン座が綺麗に見える。ベートーベンのアイロンをかけ過ぎてつんつるてんのスーツが、いかにも寒そうにパタパタと風に靡いている。

「今日は一段と冷えるなぁ～！」

ベートーベンが髪を逆立てながら地団駄を踏んでいる。

――早くしないと酔いが冷めてしまう
急いで春日通りからタクシーを拾い、ナビに住所を入力して大宮にあるベートーベンの家に向かった。夜中の首都高速、片道五十分の長いドライブ。タクシーの揺れとヒーターの暖かさが否が応でも眠気を誘う。隣のベートーベンは、口を開けて豪快に居眠りをしていた。

高速を下り、しんと静まり返った団地を抜けて、入り組んだ狭い路地に入った。

「ここで降ります」

いつの間に起きたのか。ベートーベンがタクシーの運転手に料金を支払い、薄暗い路地を歩いた。

「着いたよ」

築二十五年といったところだろうか。ベートーベンの家は、つい耐震強度が気になってしまうような古めかしい瓦屋根の一軒家だった。

「ラム～ただいまぁ」

《ニャア……》焦げ茶と黒が交ざったボサボサの猫が、玄関先で出迎えてくれた。――ラムの名は、『うる星やつら』の主人公・ラムちゃんからとったらしい。ひんやりとカビ臭く、饐《す》えた臭い。何年も主に放置されたように、家の中の空気は淀んでいた。

「ちょっと汚れているけど入って」

「お邪魔します」

ストッキングから伝わる床の冷たさを噛みしめながら、ベートーベンの後に続いた。

「寒いだろう、今暖房入れるからね」

十畳ほどのリビングダイニングに通された。雑誌、コンビニの袋、靴下、猫じゃらし、半分だけ使ってあるタオルハンカチ、山のように積まれた段ボールには、おかきや米などの食品がぎっしりと詰め込まれている。女っ気のない、足の裏が黒く汚れそうなほど散らかった部屋だった。

ドアを隔てて三畳のキッチン、トイレ、風呂場、物置状態な六畳の和室。急な傾斜の階段を上って二階に上がると、脱ぎ捨てられた洋服とエロ本とパソコン関連の雑誌で埋もれた寝室、洗濯物が干してある湿っぽい五畳の洋室がある。築年数と部屋の散らかりっぷりはいただけないけれど、独り住まいで庭付き一戸建てとはなかなかの贅沢だ。

—それにしても寒い

胡桃は嫌々シミだらけのこたつに足を突っ込んだ。エロビデオのパッケージが、胡桃の座っている位置から丸見えになっている。一応は片付けた様子で、リビングの隅に積み重なっていた。ベートーベンはしっかりした足取りで、ラムの器にキャットフードを盛りつけ食べさせている。着くまでに費やした時間と寒さが災いして、苦労して飲ませたベートーベンの酒はもうすっかり抜けてしまっているようだ。

—来るときにお酒買ってくればよかった

自責の念にかられる——そして閃いた。

「コウちゃ〜ん喉渇いた」

「あっ麦茶でいいかな？」

ベートーベンがグラスにポットの麦茶を注いでいる隙に、粉末状にした赤玉のパケと財布の中のハルシオンを上着のポケットに忍ばせた。こたつの横に置いてあったティッシュペーパーを、自分の座布団の下に隠した。
——大丈夫、ベートーベンは気づいていない
「おまたせ〜、それでは念願叶った胡桃との自宅デートを祝して……乾杯！」
「乾杯……んっ？　何か目にゴミが入った！　目がゴロゴロする。目薬さしてもいい？」
胡桃はポーチの中から目薬を取り出して点眼した。
「コウちゃん……ティッシュある？」
「あれ？　ここら辺にあったんだけどなぁ……今新しいの下ろすから、ちょっと待っててい
て」
ベートーベンが部屋から出るのを見計らって、麦茶に目薬と赤玉を混ぜ込んだ。ストロー
で念入りにかき混ぜる。幸い見た目には全く変わらなかった。
「お待たせ〜！　はい、胡桃」
「ありがとう。じゃあ仕切り直しで、乾杯」
「乾杯！」
《ゴクゴクゴク……》
ベートーベンは喉を鳴らして、勢い良く麦茶を飲んだ。酔いが醒めて急激に喉が渇いたら
しい。

「こんなに寒い家でよく眠れるね」

「ラムを抱きしめて寝るから全く問題ない。甘えん坊でいつも布団に潜り込んでくるから、ねぇラム～」

「胡桃寒くて風邪引きそう。暖房もっと強くしてぇ」

部屋を暖める——薬の効き目がなるべく早く現れるように。

「……なんだか胡桃といると落ち着くなぁ。まったりしてきちゃったよ」

——後もう一息
「コウちゃんのアルバムとかないの？　せっかく遊びに来たから、昔の写真見てみたいな」

「あるよ！　少しの間二階で探してくるから、ラムといい子で待っててねぇ」

ベートーベンがドタドタと階段を上がるのを見届けて、冷蔵庫からポットを取り出し、空になったグラスに麦茶を注ぎ足した。ポケットからパケを出しまた少しずつ混ぜ込ませる。

——大丈夫、今度もきれいに溶けきった
部屋の空調を最大にして急激に部屋を暖める。準備は万端。胡桃は何食わぬ顔をして、さっき座っていたポジションに戻った。

「ラムおいで……」

胡桃がいくら呼びかけても、ラムはそっぽを向いたまま決して寄りついてこなかった。

——ラムには全部ばれている
『告げ口してやる』——そう脅されているような錯覚に囚われた。

「お待たせ〜、いやぁどこにしまったか探すのに苦労したよ」

「わぁ！　見せて見せて」

ベートーベンに飲ませた薬が効くまでの時間稼ぎ——全く興味もない幼少期のベートーベンの写真をめくりながら、暫し和やかで緩やかな時間が流れた。

「一緒に写っているこの女の人がお母さん？」

「……う……ん」

「コウちゃん？」

「……」

《グゥ……グゥ……》

こたつの台に突っ伏しながら、ベートーベンは気持ち良さそうに居眠りを始めた。

——はい、一丁上がり
マスカレードのカラ名刺（店の名と住所が印刷されているだけのシンプルな名刺）に、部屋に転がっていたボールペンで短い手紙を書き綴った。

《コウちゃん今日はありがとう。何だかとっても疲れさせちゃったみたい……。起こすのも

可哀想だから、残念だけど胡桃はこのまま帰ります。また遊びにくるね》

「おやすみコウちゃん」

静かな声で囁いて部屋を出た。玄関先でラムに睨まれた——無視してさっさと家を出た。

夜風が身にしみる。空が薄ら明るくなっていた。ダイアナ・ロスの『イフ　ウィー　ホールド　オン　トゥギャザー』を口ずさみながら、大通りを目指して歩いた。この曲を歌うとルージュで働いていた頃を思い出す。頭上のオリオン座はまだそこにいて、胡桃の後を追いかけてくる。

【クスクス……悪い女】

もう一人の自分が楽しそうに嗤っている。

——そう、私は悪い女だもの
達成感こそあれ罪悪感などなかった。大通りまで歩いたけど、タクシーはなかなか捕まらなかった。

翌日は、朝っぱらから新宿のスタジオで『クラブアフター』の表紙撮影だった。明日は江の島で、スタッフ八人を引き連れて丸一日写真集のロケが控えている。

——私はドルシネアで伝説を創る

頭の中で白鳥の言葉が躍っていた。胡桃はどの店に勤めてもNo.1にはなるものの、決して長続きはしなかった。今までの中途半端な自分――これからは違う。


十一月最後の週末――

胡桃は久しぶりに運送屋のたかちゃんと、店から歩いてすぐのパセラでアフターをした。たかちゃんは一口でも酒を飲むと絶対に運転をしない、セイフティ・ドライバー。かといって埼玉の宮代《みやしろ》まで深夜料金のタクシーで帰る余裕もない。だから、たかちゃんがラストまで飲んだ日は、たいてい胡桃も朝まで一緒に時間を潰した。

たかちゃんは、好んで女性アーティストの新曲ばかり唄った。はっきり言って歌唱力はあまりない。

「この曲初めて唄うから!」

色々な言い訳を口にしながら、たかちゃんのオンステージは二時間も続いた。たかちゃんはザルで、飲むとますます元気になる――酔拳《すいけん》の使い手だ。胡桃はタンバリンでシャカシャカリズムをとりながら、黙ってハニートーストを頬張った。

腕時計に目を落とす――午前四時三十分。そろそろ始発が動き出す時間だ。

ちょっと帰りが遅くなってしまった。豪と別れたばかりで、独りマンションに帰るのが心細い。考えたくないのにあの日の記憶が押し寄せてくる。タクシーをマンションの真ん前に着けた。

――足音

聞こえるはずがない――ただの被害妄想。いつも通りエレベーターに乗り込み、四階に上がった。胡桃の部屋四〇二号室――ドアの前でもう一度後ろを振り返った。やっぱり誰もいなかった。

《ガチャンッ》

――あれ？

錠がかかってしまった。もう一度鍵を回す。

《カチャッ》

今度はドアが開いた。つまり最初から鍵は開いていたということだ。

知らないうちに胡桃は肩で息をしていた。この間の未遂事件以降、ただでさえピリピリしている。部屋を出る際に施錠をしてからもう一度確認のためにドアノブを回す、それを習慣にしていた。掌に汗、次第に荒くなる息づかい――嫌な予感がする。深く息を吸った。そしてゆっくりと中に入った。

《ゴトンッ……》

――誰かいる

明かりの消えた暗い部屋の中で人が動く気配を感じた。

（下巻につづく）

この作品は二〇〇九年七月祥伝社より刊行されたものに、加筆・修正しました。

ユダ〈上〉

伝説《でんせつ》のキャバ嬢《じょう》「胡桃《くるみ》」、掟破《おきてやぶ》りの8年間《ねんかん》

立花《たちばな》胡桃《くるみ》

平成22年11月11日　初版発行

発行人——石原正康
編集人——永島賞二
発行所——株式会社幻冬舎
〒151-0051東京都渋谷区千駄ヶ谷4-9-7
電話　03(5411)6222(営業)
　　　03(5411)6211(編集)
振替00120-8-767643
印刷・製本—中央精版印刷株式会社
装丁者——高橋雅之

幻冬舎文庫

ISBN978-4-344-41565-2　C0193　た-44-1